JUMP j BOOKS

ブラック・クローバー

BLACK CLOVER

騎《き》士《し》団《だん》の書《しょ》

田畠裕基
yūki tabata

ジョニー音田
johnny onda

Characters

アスタ
Asta

所属《しょぞく》：黒《くろ》の暴牛《ぼうぎゅう》　魔法属性《まほうぞくせい》：無《な》し(反魔法《アンチまほう》)

魔力《まりょく》は無《な》いが、鍛《きた》え上《あ》げた肉体《にくたい》とガッツを武《ぶ》器《き》に魔法帝《まほうてい》を目指《めざ》す。

ノエル・シルヴァ
Noelle Silva

所属《しょぞく》：黒《くろ》の暴牛《ぼうぎゅう》
魔法属性《まほうぞくせい》：水《みず》

王族《おうぞく》の血筋《ちすじ》。心優《こころやさ》しいが素直《すなお》になれない不器用《ぶきよう》な少女《しょうじょ》。

ヤミ・スケヒロ
Yami Sukehiro

所属《しょぞく》：黒《くろ》の暴牛《ぼうぎゅう》
魔法属性《まほうぞくせい》：闇《やみ》

強面《こわもて》で気性《きしょう》はあらいが、実力《じつりょく》と人望《じんぼう》を兼《か》ね備《そな》えた団長《だんちょう》。

ラック・ボルティア
Luck Voltia

所属《しょぞく》：黒《くろ》の暴牛《ぼうぎゅう》
魔法属性《まほうぞくせい》：雷《かみなり》

常《つね》に笑《え》みを絶《た》やさない戦闘狂《バトルマニア》で、性《せい》格《かく》に難《なん》あり。

マグナ・スウィング
Magna Swing

所属《しょぞく》：黒《くろ》の暴牛《ぼうぎゅう》
魔法属性《まほうぞくせい》：炎《ほのお》

ヤンキー気質《きしつ》だが、男気《おとこぎ》があり面倒見《めんどうみ》が良《よ》い。

クラウス・リュネット
Klaus Lunette

所属《しょぞく》：金色《こんじき》の夜明《よあ》け
魔法属性《まほうぞくせい》：鋼《はがね》

生真面目《きまじめ》で頭《あたま》の固《かた》い青年《せいねん》。アスタの実力《じつりょく》を認《みと》めている。

ミモザ・ヴァーミリオン
Mimosa Vermilion

所属《しょぞく》：金色《こんじき》の夜明《よあ》け
魔法属性《まほうぞくせい》：植物《しょくぶつ》

ノエルの従姉妹《いとこ》。おっとりとしていて天然《てんねん》な性格《せいかく》。

ノゼル・シルヴァ

Nozel Silva

所属《しょぞく》：銀翼《ぎんよく》の大鷲《おおわし》

魔法属性《まほうぞくせい》：水銀《すいぎん》

プライドが高《たか》く冷徹《れいてつ》な銀翼《ぎんよく》の大鷲団長《おおわしだんちょう》。ノエルの実兄《じっけい》。

ウィリアム・ヴァンジャンス

William Vangeance

所属《しょぞく》：金色《こんじき》の夜明《よあ》け

魔法属性《まほうぞくせい》：世界樹《せかいじゅ》

ミステリアスな金色《こんじき》の夜明《よあ》け団長《だんちょう》。なぜかヤミと馬《うま》が合《あ》う。

シャーロット・ローズレイ

Charlotte Roselei

所属《しょぞく》：碧《あお》の野薔薇《のばら》

魔法属性《まほうぞくせい》：荊《いばら》

クールかつ美《うつく》しい団長《だんちょう》。ヤミに想《おも》いを寄《よ》せている。

ジャック・ザリッパー

Jack the Ripper

所属《しょぞく》：翠緑《すいりょく》の蟷螂《とうろう》

魔法属性《まほうぞくせい》：裂断《れつだん》

ヤミをライバル視《し》する翠緑《すいりょく》の蟷螂団長《とうろうだんちょう》。非常《ひじょう》に好戦的《こうせんてき》。

リル・ボワモルティエ

Rill Boismortier

所属《しょぞく》：水色《みずいろ》の幻鹿《げんろく》

魔法属性《まほうぞくせい》：絵画《かいが》

最年少《さいねんしょう》の団長《だんちょう》。アクの強《つよ》い団長《だんちょう》に囲《かこ》まれるイジられ役《やく》。

ドロシー・アンズワース

Dorothy Unsworth

所属《しょぞく》：珊瑚《さんご》の孔雀《くじゃく》

魔法属性《まほうぞくせい》：？

常《つね》に眠《ねむ》っている珊瑚《さんご》の孔雀団長《くじゃくだんちょう》。その実力《じつりょく》は未知数《みちすう》。

マルクス

Marx

魔法帝側近《まほうていそっきん》

魔法属性《まほうぞくせい》：記憶《きおく》

魔法帝《まほうてい》の側近《そっきん》。やんちゃなユリウスに頭《あたま》を悩《なや》ませている。

ユリウス・ノヴァクロノ

Julius Novachrono

魔法帝《まほうてい》

魔法属性《まほうぞくせい》：時間《じかん》

クローバー王国最《おうこくさい》強《きょう》の男《おとこ》。珍《めずら》しい魔《ま》法《ほう》に目《め》がない。

CONTENTS

BLACK ✿ CLOVER

騎《き》士《し》団《だん》の書《しょ》

一章《いっしょう》✿暴牛《ぼうぎゅう》の休日《きゅうじつ》

「……あら？」

初めにそれに気づいたのは、ノエル・シルヴァだった。

『白夜《びゃくや》の魔眼《まがん》』による王都《おうと》襲撃事件がひと段落つき、久々に休みらしい休みを貰《もら》えたある日。

ノエルは魔法の専門書を片手に『黒《くろ》の暴牛《ぼうぎゅう》』アジトの共有スペースへと降りてきた。

そう。今日は休日。久しぶりの平和な日常なのだ。

といっても、これといってやりたいこともないし、行きたいところがあるわけでもない。

魔力コントロールの修業だけは欠かさずにやるようにしているが、それも先ほど終わった。

午後は紅茶でも飲みながらゆっくりしようと思い、こうして自室から出てきたのだった。

「ちょ、アスタ君、マジで一回だけ休憩させて！　もう魔力が、っつーか、体力も……」

「マジっすかァァッ⁉　じゃああと十セットだけやったら、五分休憩とりましょう‼」

「いや！　だからもうすでに魔力が……って、突っこんでこないでえええェエェッ‼」

ちなみに外では、『黒の暴牛』の団員であるフィンラル・ルーラケイスと、同じく団員でありノエルの同期でもあるアスタが、フィンラルの空間魔法《くうかんまほう》を用いた戦闘訓練をしている。

共有スペースの窓からは、ふたりの姿を見ることができた。

その様子《ようす》を――というか、アスタを見たいがためにここまで来たわけでは、決してない。ついでに、少し難しそうな専門書を読んでいれば、知的な自分がアピールできるんじゃないか、とか、そんなことも決して思っていない。

それはさておき。

（なにかしら、これ？）

カウンターチェアに腰かけつつそんなことを思う。カウンターテーブルの上に置いてあるのは、粘土《ねんど》素材で作られた初代魔法帝《まほうてい》の人形だった。

それもかなりの完成度のものだ。魔導書《グリモワール》を片手に、精悍《せいかん》な顔つきで虚空《こくう》を見つめるその姿は、今にも動きだしそうなほどよくできている。芸術方面に疎《うと》いノエルだったが、素人《しろうと》離れした逸品《いっぴん》であるということはわかった。

（……誰かが作って、ここで乾かしてるのかしら？）

いや、確かに風通しは良いかもしれないが、それにしたって場所が悪すぎる。

ここは魔法騎士団《まほうきしだん》屈指《くっし》の――いや、随一の悪名を誇る『黒の暴牛』のアジトの共有スペースなのだ。一番ヤバい人たちが一番よく集まる、一番ヤバい場所なのだ。そんな危険地帯にこんな壊れやすいものを置くなんて、とても正気の沙汰《さた》とは思えない。

（どこかに片づけてあげたほうがいいかしら？）

下手《へた》に関《かか》わらないほうがいいいか、とも思ったが、これだけ上手《じょうず》に作られているのだ。ここは団員の中で唯一《ゆいいつ》の常識人である自分が守ってあげるべきだとも思った。

後々になってこの話をアスタにしたとき、芸術にも造詣《ぞうけい》が深いうえに、優しさも併《あわ》せ持《も》っている自分をアピールできるかもしれない、なんてことは、これっぽっちも思っていない。

……それもさておき。

「私の部屋なら、さすがに安全よね」

そうひとりごち、人形に手を伸ばした、そのとき、
バガァァァアンッ!!

カウンターの対面側にある壁が爆砕し、椅子《いす》や机などが派手に吹き飛んだ。

おそらくは、フィンラルとアスタの訓練に熱が入りすぎて、壁の一部をぶっ壊したのだ。

ここに住んでいれば、二日に一回くらいの頻度で起こり得る現象だった。

だからノエルは、すぐに反応できた。

「――水創成魔法《みずそうせいまほう》〝海竜の巣《かいりゅうのす》〟!!」

人形を手元に引き寄せながら強く念じる。すると、ノエルを中心として水のバリアが展開し、爆風とともに飛来する家具や瓦礫《がれき》から身体《からだ》を守った。

ノエルが唯一安定して使える魔法〝海竜の巣《かいりゅうのす》〟。当初はコントロールがうまくいかなかったものの、日ごろの鍛錬《たんれん》のかいあって、即座に小規模展開できるくらいにはなった。

「言わんこっちゃない……」

爆風が収《おさ》まるのを見計《みはか》らってから魔法を解除する。やはりノエルが守ってやらなければ、この人形の命はここまでだったようだ。

感謝しなさいよね、なんて、謎《なぞ》のドヤ顔を浮かべつつ、手の中にある人形を確認すると、

「…………っ！」

確かに人形は、爆発の衝撃からは守られていた。

しかし、ノエルが抱きしめたことによって、胸が人形の顔に押しつけられ、その胸の形にへこんでしまっていた。

「すいませんっしたぁァアッ‼　誰か中にいましたか……って、ノエルか！」

ドヤ顔を凍りつかせていると、壁に空《あ》いた穴からアスタが顔を出し、気まずそうな表情でノエルに近づいてきた。

「いやあ、悪い悪い！　素振《すぶ》りが壁にぶち当たっちゃってさ！　でも、ここでなにしてたんだ？」

「…………」

ノエルはとりあえず、アスタにビンタした。

「ってぇな！　なにすんだよ⁉」

「う、うるさいわね！　これ……ア、アナタのせいで、こんなになっちゃったんだから！」

嘘《うそ》は言っていない。いろいろとはしょりはしたが、嘘は言っていない。

「……なんだよ、これ？」

「知らないけど、ここに置いてあったのよ。ア、アナタが壁を壊したから、顔がこんなになっちゃったじゃない！　どうしてくれるのよ⁉」

「お、おう……そうなのか。悪い」

だったらなぜこの人形の顔は、ノエルの胸の形に顔がへこんでいるのだろう？　なんて思ったものの、アスタには指摘することができなかった。ノエルがあまりに必死な表情だったし、またビンタされるのも嫌《いや》だったし。

「よくわかんねえけど、これ直せばいいんだな？」

「……え、で、できるの？」

「教会にいた頃は、よくチビたちと泥んこ遊びとかしてたからな。こういうのは慣れてんだ！」

アスタはひょいと人形を持ちあげると、カウンターテーブルの上に置き、おもむろに修復作業を始めた。彼の言葉どおり、その指さばきは意外と繊細《せんさい》だ。

「ここがこうなってるわけだから、えーっと、反対側をこうして、と……」

……ノエルは思う。やはりアスタは、いざというときに頼《たよ》りになる。

先日の王都襲撃事件だってそうだ。アスタがいなければノエルはあのラデスとかいう屍霊《しりょう》魔法使いにやられていただろう。

あのときだけではない。今までノエルは何度も何度も、アスタに助けられてきた。

「で、こっちのバランスを整えて、こうやれば……」

もちろん、だからどうというわけではない。同じチームである以上、守ることもあるし守られることもある。持ちつ持たれつの関係なのだ。一定の感謝はしているが、それ以上でも以下でもない。特別な感情を抱《いだ》くことなどあるはずもない。

……ただ、少しだけ、思う。

こうして、自分のために頑張《がんば》ってくれているアスタを見ていると、思ってしまうのだ。

「ん？　あれ？　いや、こっちがこうだから、あれ？　えーっと……」

――少しだけ、自分の気持ちに正直になっても、いいのかもしれない、と。

「悪い、ノエル！　無理だった！　反対側もへこんじまった！」

ノエルは、自分の気持ちに正直になって、アスタにビンタした。

「いってぇぇぇ!!　なにもぶつことねえだろ!?」

「うるさいわね！　え、ちょ……なに、どうなったらこうなるのよ!?　こういうの慣れてるんじゃなかったの!?」

「おう、慣れてはいるよ！　でもべつに得意ってわけではねえよ！」

「じゃあなんでチャレンジしちゃうのよ!?　最初から出しゃばらなければいいでしょ！」

「オレはやる前から諦《あきら》めるようなことはしねえ！」

「ちょっと言いづらいけど、時と場合によると思うわ！」

「アスタくーん、なにして……って、あれ、ノエルちゃん？　邪魔《じゃま》しちゃマズかったかな？」

アスタと口論を繰り広げていると、フィンラルも共有スペースへと入ってきた。

「そ、それ、どういう意味……じゃなくて、見なさいよ、フィンラル！　アナタたちのせいで、この人形へこんじゃったんだから！」

「いやいや、だから何回も言うけど、一応オレ、君より年上なんだからさ、こう、上目遣《うわめづか》いでもじもじしながら『フィンラルセンパイ♥』って呼んでくれないと……」

チャラさを全開にして近づいてくるフィンラルだったが、人形の顔が視野に入ると、

「……え、あ……に、人形って……え、それ、マジ？」

なぜか顔を真《ま》っ青《さお》にして、ガタガタと震え始めた。

「マジ……って、え、なに、やっぱりこれ、すごく高いものとか、なの？」

チャラ男《お》らしからぬその様相《ようそう》に、ノエルは嫌な予感を覚えながらそう訊《たず》ねる。

その問いに対して、フィンラルはカタカタと首を振ったが、

「それ、ヤミさんが……い、一週間くらいかけて、作ったヤツ、だよ……」

――こうして。

ノエルの平和な日常は、いともたやすく崩《くず》れ去《さ》ったのだった。

「ヤ、ヤミ団長が……作っ……た？」

その事実を受け入れるのに、ノエルは十秒ほど時間を要した。

ヤミとは、この最低最悪の魔法騎士団の団長にして、破壊神《はかいしん》の異名《いみょう》を持つ大男だ。

その二つ名どおり、性格はきわめて獰猛《どうもう》。気に入らないことがあれば、とりあえずぶっ壊す。機嫌《きげん》が悪かったら、とりあえずぶっ壊す。なにもないときでも、とりあえずぶっ壊す。

理不尽《りふじん》とかそういう次元ではない。その猛威はもはや自然災害に匹敵するのだ。

そんな破壊の権化《ごんげ》が、あんな精巧《せいこう》で完成度の高い人形を作った？

だとしても、なぜこんな危険地帯に出しっぱなしに？

さまざまな疑問は尽きなかったが、ひとつだけ、はっきりしていることはある。

「……どうすんのさ⁉　こんなもん見られたらオレたち、今日の夜にはラクエの海岸線に沈められるよ⁉」

……フィンラルの言うとおり、このままでは自分たちには暗黒の未来しか待ち受けていない、ということだ。

「ど、どうするって……し、知らないわよ、そんなの⁉　アナタたちが暴れてるから悪いんでしょっ！　アナタたちだけで沈みなさいよ⁉」

「いや、相手はあのヤミさんだよ⁉　言葉なんて通じると思う⁉　一緒にいた時点で共犯にされるに決まってるよ！　みんな仲良くお魚の餌《えさ》だよォォッ！」

「ちょ、ちょっと、フィンラルセンパイ！　そんな猛獣みたいな言い方ないでしょ！　ヤミ団長だってさすがに話くらい聞いて……ん!?　いや、無理だ！　そうっすね！　ボッコボコにされたうえでそうなりますね!!」

（※『ヤクザからお金を盗んでしまった』くらいのリアクションをしているが、彼らがしたことは、あくまで『身内の私物をちょっと壊した』というだけのことである）

しかし、そんな客観性など持てるはずもなく、とりあえず三人そろってテンパった。マズい。本当にマズい。さすがにフィンラルが言ったとおりのことにはならないとは思うが――たぶん――キツめのお咎《とが》めを受けることは必至《ひっし》だ。

「……と、とりあえず、落ち着いて！　情報を整理しましょう」

こみあげてくる恐怖をなんとか抑《おさ》えこんで、ノエルは自分に言い聞かせるように言った。ただテンパっているだけでは暗黒の未来は変わらない。全力で抗《あらが》わなければ。

「ヤミ団長は、いまどこにいるの？」

「どこか出かけてる。けど、オレの送迎はいらないって言ってたから、そんなに遠くじゃないと思う……それに、今日の夜には誰かと飲みにいくっていう話だったし、どのみちその前には準備しに戻ってくるだろうね」

……なるほど。タイムリミットは今日の日没まで、というわけか。

が、問題は、

「……フィンラル、アナタ、手先って器用《きよう》？」

「器用なほうだとは思うけど、あんな上手に作り直すのは無理だよ……」

……ですよね。

「いや、簡単に諦めないでくださいよ！　なんならオレがもう一回いじって……ぶはっ！」

アスタにもう一度ビンタを食らわせてから、ノエルは考える。修復するにしてもこのメンツではダメだ。アスタはもとより、ノエルも手先が器用なほうではない。

となると、他の団員に力を借りるしかない。

「いま、誰がアジトに残ってるっ⁉」

「えーっと……たしか、ゴーシュとチャーミー、ゴードンとグレイは任務に行ってるけど、それ以外はいるはず！　とりあえず片っ端から声かけてみよう！」

ノエルと同じような思考をたどっていたらしいフィンラルは、二階の吹き抜け廊下へつながる階段へと走る。

そうだ。自分たちは『黒の暴牛』。今まで何回も死線をくぐってきた、同じ魔法騎士団の仲間なのだ。今回だってきっと、誰かが力を貸してくれるに違いない。

とりあえず誰か、手先が器用そうな団員に来てもらって……。

フィンラルが階段を駆けあがろうとした、その時。

「――待ちやがれ、ラック‼　テメ……紅零爾威災駆乱号《クレイジーサイクロンごう》の旗、お子様ランチの旗につけ替えやがったろおぉォォッ‼」

「あはは、いーじゃんいーじゃん！　絶対あっちのほうがかわいいってぇ！」

「かわいさ求めてねえよっ！　ってか、他はゴリゴリのヤンキー仕様なのに、旗だけお子様ランチのやつって、どんだけヤベェやつが乗ってんだってなるだろうが！」

「……え、ちょ、ごめん、待って。マグナ、自分がヤバいやつだって自覚ないの⁉」

「なんでそこだけ素《す》に戻ってんだよ⁉」

爆炎《ばくえん》と雷光《らいこう》をまき散らしながら、アジトの正面玄関より飛びこんできたのは、

「いいからとっとと旗返して、オレにぶっ殺されやがれ……って、あれ、なんだよオマエら、ガン首そろえてなにしてんだ？」

見た目と素行《そこう》からヤンキーがあふれ出ている漢《おとこ》――マグナ・スウィング。

「え、しかもなんか、すごく壁壊れてるよ！　ちょっとぉ、殺し合いするときは僕も呼んでよ！　僕たち、殺《ころ》フレじゃなかったの⁉」

幼顔《おさながお》に戦闘本能を宿した戦闘狂《バトルマニア》――ラック・ボルティア。

『黒の暴牛』の特攻隊《とっこうたい》の、ふたりだった。

「ま、ちょうどいいわ。お前らもこの雷小僧ぶっ殺すの手伝えや」

「あはは、いいよいいよー！　最初に両腕へし折れた人、罰《ばつ》ゲームねっ！」

……一番ヤベェやつら来た。

「……お、おお、そうか。ヤミさんの作った人形が……こんな、感じか」

「なんかこの世の終わりみたいな顔してるって思ったけど、予想以上にヤバいことになってたね～」

いくらヤベェやつらといえども、彼らは『黒の暴牛』の一員だ。

つまり、ヤミの脅威を嫌というほど知っているということでもある。

あれだけ興奮していた彼らだったが、ノエルが事情を説明し、件《くだん》の人形を見せると、ふたりそろってお行儀《ぎょうぎ》よく座ったのだった。

「あはは、でもアレだよね～。ヤミ団長、なんでこんな危ないところに大事なモノ置いたんだろう？　誰かが壊しちゃうに決まってるのにさあ」

それは先ほどノエルも思ったことだが、最もそうしそうな人物に言われると、なんだろう、ものすごくイラッとくる。

そんなふうに思いながら、ノエルがラックのことをジト目で見ていると、

「……オレ、頼まれた」

マグナが、唐突《とうとつ》にそうつぶやいた。

心なしかその眼は、捕食される前の小動物みたいに、小刻《こきざ》みに震えているように思える。

「……頼まれたって、なにをよ？」

ノエルが訊ねると、マグナはか細い声で、絞《しぼ》り出《だ》すように、

「……この人形、部屋に運んどくようにって、ヤミさんから頼まれてたの……忘れてた」

「………………」

こうして、徐々に共犯者は増えていく。

「あははは！　うわー、やっちゃったね！　ある意味マグナが一番悪いじゃーん！」

「うるせえぇェエッ！　頼まれた直後にテメエがちょっかいかけてきたんだよ！　テメエも立派に共犯だろうがっ！」

「落ち着いてくださいって、マグナセンパイ！　誰が悪ぃとかじゃないっすよ！　みんなで生き残る方法を探しましょう！　とりあえずオレがもう一回直してみ……はぶっ！」

アスタにまたビンタを食らわせてから、ノエルは諦観気味《ていかんぎみ》にマグナを見て、

「……一応聞いておくけど、マグナ、アナタ手先は器用？」

「死んだ目で見ながら聞くんじゃねえよ！　……まあ、不器用だけどよ」

共犯者は増えるばかりだったが、協力者が増えていかないのはなぜだろう。

「じゃあラック、アナタは……」

こちらにも大した期待は込めず、ラックにも同じ質問をしようと思ったのだが、

「へえー。こりゃまた、見事にへこませたもんだねえ～」

ラックはいつの間にか人形の前に移動し、なんとも無造作《むぞうさ》に触《さわ》り始めていた！

「ちょ、ちょっと、アナタ、なにして……!?」

ノエルはすかさず止めに入る。人形はすでに、往復ビンタを食らったような顔になっているのだ。こんな戦闘狂に任《まか》せたら、さらなる暴行を加えられるに違いない。

そう、思ったのだが。

「……え？」

ラックは細い指先を器用に動かし、丁寧《ていねい》な修復作業を始めた。アスタのように『慣れてるっぽく見えるだけ』ではない。徐々にではあるが、人形の顔が元に戻り始めているのだ。

「……え、すごいじゃん、ラック!? こういうの得意だったの？」

「いや、やるの初めてだけど、意外と楽しいね、これ。内臓をこねくり回してるみたい」

フィンラルと話す間にも、ラックは着実に魔法帝の顔を再現していく。

確かに意外な特技ではあったが、考えてみれば彼の使う雷魔法《かみなりまほう》は、ものすごい集中力と繊《せん》細《さい》さを要するものなのだ。

もしかしたらこういった細《こま》かい作業でこそ、彼の真価が発揮されるのかもしれない。

一同がそんなふうに期待を持った、そのとき、

「……あれ、ラック、どうしたんだよ？」

アスタが目を丸くしながらそう訊ねた。

ラックが唐突に手を止め、小刻みに震え始めたからだ。

「あ、いや、ごめん……」

ラックは額《ひたい》の汗をぬぐい、危ない笑顔を濃くしながら、

「これ、跡形《あとかた》もなくぶっ壊したら……えへへ、団長、僕と殺し合ってくれるかな？　って思ったら、ちょっと今、意識が……」

一同は改めて思い出した。他のすべては優《すぐ》れているのに、人間性だけが破綻《はたん》しているから、彼は『黒の暴牛』にいるのだ、と。

「ふざけんなよド変態っ！　どんだけヤベェ橋渡るつもりなんだよっ⁉」

「そ、そうだよ、ラック！　今回は、君ひとりの問題じゃないんだからさ？　そういうのは、誰も巻きこんでないときにやって！　ね⁉」

「そ、そうだよね、そうだよね。今回は、ダメなヤツだよね。そういうこと考えちゃ……」

マグナとフィンラルの叱咤《しった》を受けて、ラックは人の心をとり戻したように修復作業に戻る。

「ああ、でも……ふひっ。ど、どんな手できてくれるんだろうなあ」

とはいえ、ちょくちょく戦闘本能の波がやってくるらしく、そのたびに華奢《きゃしゃ》な身体をビクビクと震わせたり、危ない笑いを浮かべたりしている。完全な変態にしか見えなかったが、彼なりに内なる欲求と戦っているようだ。

「頑張れ‼　戦闘本能《そんなヤツ》なんかに負けんな！　ラックなら勝てるよ！」

「そ、そうよ！　乗っとられないで！　頑張りなさい！」

アスタとともにノエルも檄《げき》を飛ばした。なにこの応援？　とも思ったが、この場で頼れるのは彼しかいないのだ。修復作業を終えるまで、正気を保っていてもらう必要があった。

「だ、大丈夫だよ、アスタくん、ノエルちゃん。僕は……大丈夫」

必死に応援するふたりに顔を向け、ラックは笑顔を浮かべた。

いつもより力ない笑い方だったが、そこに邪気《じゃき》はない。優しさにあふれた笑顔だった。

「僕は、ふたりよりも先輩だから……先輩は、後輩を守ってあげなくちゃいけないから……だから、僕、がんばる」

「ラック……！」

ノエルは思わずラックの名を呼ぶ。

彼は一度大きく頷《うなず》いて、修復作業に戻った。

魔宮《ダンジョン》探索の一件以来、ラックは気づいたことがある。

ひとりでヤるよりも、みんなでしたほうが、楽しいということだ。

ひとりでできることには限界があるが、みんなですれば、その幅が大きく広がるのだ。

時に窮屈《きゆうくつ》に感じることもあるけれど、それすらも楽しいと感じられる。

そう、感じられるようになった。

本当はとっくの昔に気づいていたのかもしれない。だけど、無意識に心の壁を作って、それに気づかないようにしていたのだと思う。

その壁を壊してくれたのは、他でもない『黒の暴牛』の仲間たちなのだ。

だから彼らが困っているときには、自分だって助けなければいけない。

ひとりでできないことでも、そうして助け合うことによって、できるようになって……。

「…………！」

そこでラックは、ビクリと身体をのけ反《ぞ》らせ、動きを止めた。

「こ、今度はどうしたのよ？」

「……え？　あ、いや……ふひっ」

心配そうなノエルの声に答えたラックは、

「……こ、この人形ぶっ壊したら、みんなと力を合わせて、ヤミ団長とヤれるかなって思ったら、ちょっと、意識が……」

——完全に、戦闘本能に支配された化け物のような笑顔が浮かんでいた。

「……わ、わかった、もう、いいわ。もう、直さなくて平気だから、その人形から離れて！」

こいつはもうダメだ、と、一同は理解し、ノエルが代表してそう言い放った。

しかし、すでにラックの指は人形の顔に伸びていて、

「あは、はぁ……」

ぷにゅ。

「ねえねえマグナ～、この縄《なわ》ほどいてよ～。もういい子にしてるからさ。頭かゆいよぉ」

「うるっせえバカコラぶっ殺すぞテメエコラぶっ殺すぞ」

戦闘本能に敗北したラックを、マグナの炎拘束魔法《ほのおこうそくまほう》・炎縄緊縛陣《えんじょうきんばくじん》で椅子に縛《しば》りつけた、その後。

顔が完全に潰《つぶ》れた人形を囲んで、一同はお葬式みたいな顔を浮かべていた。

「……ねえ、今さらだけどさ、これもう、無理じゃない？」

それはつまり、一同の死を意味する言葉なのだが、フィンラルは思わず言ってしまった。

両サイドがへこんだ状態だったらまだ修復の余地はあった。しかし、ラックによって顔が前後からつぶされた今となっては、もはや原型をとどめていないのだ。

改修というより、一から作り直す作業と言ったほうが正しい。

……そして、このメンバーの中で、そんな小器用なことができる人間など、いない。

「……ああ、最悪だ。明日《あす》の夜、合コンなのに。女の子を持ち帰れるかどうかとかじゃなくて、自分の命を持っていけるかどうかわからないなんて……」

「だから、簡単に諦めないでくださいよ！　オレがもう一回挑戦して……！」

ノエルはアスタをビンタしようと思ったが、ものすごい速さでガードされたので、代わりに人形の顔（だった部分）を見据《みす》えた。

「……確かに、諦めるのはまだ早いわ。団長が帰ってくるまで時間もあるんだし、もう少し頑張ってみましょう」

アスタほどではないにしろ、ノエルだって諦めの悪さは相当なものだ。

顔が原型をとどめていないとはいえ、それ以外の部分はほぼ無事だし、時間もないわけではない。

気持ちをきり替えたノエルは、改めて善後策を検討しようとしたのだが、

「……ん？　いま誰か、オレの話してた？」

――終わりのときは、唐突にやってきた。

「ヤ、ヤミ団長……！」

アスタのつぶやきとともに、アジトの正面玄関から現れたのは、

「うん、ただいま、バカヤローども」

……ヤミ・スケヒロ。

最低最悪の魔法騎士団『黒の暴牛』の団長にして、破壊神の異名を持ち、自然災害に匹敵する理不尽《りふじん》さを持つ、男だった。

「って、なんだよオマエら。人の顔ジロジロ見やがって。恥ずかしいからやめてくれる？」

太い首をコキコキと鳴らしながら入室してくる彼を、一同は真っ青な顔で見ていることし

かできない。

……読みが甘かった。

日没までタイムリミットがあるなんて、最初から希望的観測だったのだ。こうしてフラッと戻ってくる可能性は十分にあったし、だとすれば場所を変えて修復作業をすべきだった。読みも詰めも、甘すぎたのだ。

「いいかげんにしろよ。どんだけ見んだよ。いくらオレがかわいいからって……」

一同が深い後悔をしている間にも、ヤミはこちらに向けて歩を進めてきたのだが、

「……って、え、なに、なんでラック縛られてんの？　なにが始まるとこだったの？」

彼の注意が、少しだけラックのほうに向いた。

その一瞬のスキをついて、

「だ、団長っ！　どこ行ってたんスか!?　いまフィンラルセンパイと空間魔法の訓練してて、それで、えーっと……す、すげえのできたから、団長に見てもらおうと思ってたんスよ！」

――アスタが、動いた。

彼はそう言いながらヤミに駆け寄り、同時にノエルに目配《めくば》せをしたのだ。

まだ人形は見られていない。諦めるな、と。

「…………！」

彼の意図《いと》を汲《く》んだノエルは、人形を自《みずか》らの背後に隠す。それと同時にマグナとフィンラル

も、お互いに目を合わせて小さく頷《うなず》きあった。

まだだ。まだ諦めるのは早い。

なんとか隠し通して、この場を乗りきるのだ。

「えー、ヤだよ面倒《めんどう》くせえ。ちゃんとした団長に見てもらったほうがいいよ、そういうのは。

オレはアレ、ヴィジュアルのかわいらしさだけで団長に選ばれたクチだからさ」

そんなことを言いながら、ヤミが再び歩きだす。そこですかさずフィンラルとマグナが、

「そ、そんなこと言わないで！　マジですごいヤツなんですよ！　マ、マジなんですよ！」

「ヤミさん！　あれはマジでヤベェっすよ！　なにがヤベェって……ヤベェんすよ！」

わざとらしくそんなことを言いながら、ノエルの両サイドを囲んだ。

鮮《あざ》やかなチームプレイだった。これで完全に、ヤミの視界に人形は入らないはずだ。

……そのはずなのに。

「オマエらの語彙《ごい》量のほうがヤベェよ……っつーか、なに壊してくれてんだよ、ゴラ」

「!!」

一同は、愛想《あいそ》笑《わら》いを凍《こお》りつかせた。

「こ、壊したって……え、な、なんのことですが？」

ノエルは乾《かわ》いた声で訊ねる。人形はヤミには見えていないはずだ。なのにどうして……!?

「なんのこと、じゃねえだろうが」

ヤミは般若《はんにゃ》みたいに眉根《まゆね》にしわを寄せながら、

「壁だよ、壁。また派手にぶち抜きやがって」

壊れた壁を、太い指で差し示した。

「……あ、す、すいません！　訓練に熱が入りすぎちゃって！　すぐ、直しますね！」

一瞬の硬直をおいて、アスタはカクカクと頷く。

ヤミはひとつ舌打ちをしてから、階段に向かってノシノシと歩いていった。

「ったりめーだろ。ったく。オレちょっと昼寝すっから、それまでには直しとけよな」

……ひとまずはやり過ごせた、と、一同が緊張を解除しようと思った、そのとき、

「——あ、そーだオマエら。そこにあった初代魔法帝の人形、知らねえ？」

「…………!!」

一番ヤバい質問が、一番ヤバいタイミングで、来てしまった。

「ん、アレ？　ごめん、オレの部屋に運んどくようにって、マグナに頼んだんだっけ？」

「……あ、いや、そ、その……」

マグナは口ごもり、信じられない速さで目を泳がせている。ダメだ。彼は嘘が苦手《にがて》なうえに、ヤミの猛威《もうい》を最も間近に感じている団員なのだ。すぐには言葉が出てこないだろう。

かといって、ノエルだってうまいきり返しを思いつくわけではないし、他のみんなだって同じだろう。

いったい、どうすれば……!?

「あれ～？　マグナ。それだったら、私の部屋に運んだって言ったじゃない？」

一同が黙りこくった時、思わぬところから助け船がやってきた。

「……え？」

つぶやきながら、ノエルは声のしたほう――二階の吹き抜け廊下へと視線を持ちあげる。

いつの間にかそこにいたのは、『黒の暴牛』の団員、バネッサ・エノテーカ。

「団長の部屋に勝手に入るのは悪いから、って、アンタそう言って、私に押しつけてきたんじゃないのよ」

彼女は酒瓶《さかびん》を片手に階段を下り、マグナに向けて小さくウィンクしながら、

「そうでしょ、マグナ？」

「……あ、ああ！　そうなんすよ！　いやあ、ヤミさんの部屋に入るなんて畏《おそ》れ多《おお》くって！」

三十点くらいの演技で応じながら、マグナはその助け船にすがりつく。どういう意図かはわからなかったが、どうやらこの酒好きの魔女は、自分たちを助けてくれるつもりのようだ。

「ふぅーん。ま、なんでもいいけど、オレの部屋に持ってきてくれる？」

「えー、あれ、すごく良くできてるから、もうちょっと見てたいんですけど、ダメですかあ？」

「……いや、オマエにはもう見せたろうが。そんな何回も見るほどのもんでもねーよ」

と、否定的な言葉を口にするヤミだったが、その表情は意外とまんざらでもないように思える。いくら破壊神と言えど、やはり自分の作ったものが褒《ほ》められると嬉《うれ》しいようだ。

そこに目をつけたように、バネッサは持ち前の甘ったるい声で、

「もうちょっとだけお願いしますよ～。とくにほら、顔とかすごいよくできてるから、いくら見てても飽きないんです」

「……いや、そんなすげーってほどのもんでもねえと思うけど……確かにまあ、顔は一番苦労したな。ああ、そう？　よくできてた？」

少しだけ口元を緩《ゆる》めながら言うヤミ。やはりそれなりに苦労して作ったもので、愛着も相応に湧《わ》いているらしい。

ちなみにその人形の顔は、いま現在、違う意味ですげーことになっているのだが。

「ったく。しょうがねえなぁ。そこまで言うんならいいよ。昼寝の前に最終調整しようと思ってたんだけど、べつに起きた後でもできるから、それまで見てれば？　今日の夜には人に渡しちゃうからさ」

「……え、あの人形、誰かにあげるんですか？」

ノエルは反射的にそう訊ねていた。苦労して作ったものとはいえ、誰かにあげる予定のものであるのなら、そこまで愛着がないかもしれない。

と、淡《あわ》い期待を込めて放った質問に、ヤミはひとつ頷いて、

「うん。熱血真面目《まじめ》大王のとこに見舞いにいくからさ、その手土産《てみやげ》にと思って」

「……そう、なんです、か」

ものすごい量の脂汗《あぶらあせ》を額に浮かせながら、ノエルはなんとか頷き返した。

……つまり自分たちは、大けがをして寝こんでいるフエゴレオンのため、ヤミが一生懸命作った人形に、大けがを負《お》わせてしまった、と。

不謹慎《ふきんしん》かつ絶望的な事実が、ここで判明してしまった。

「じゃ、アッシーくん、適当な時間に目覚《めざ》ましよろしく～」

「あ、はい……」

フィンラルの肩に手を置いてから、ヤミは今度こそ自分の部屋に戻っていった。


「……あちゃー。なんかヤバそうなことになってるとは思ってたけど、こういう感じかあ……はは、二日酔《ふつかよ》いがふっとんだわ」

顔の潰れた人形を指先でつっつきながら、バネッサは苦笑気味《くしょうぎみ》にそんなことを言った。

ヤミが部屋に戻った後、バネッサを加えた一同は、共有スペースで復元作業を再開した。

ちなみに、今度はヤミが動きだしてもわかるように、マグナとラック、そしてフィンラルがヤミの部屋の近くを見張っているので、さっきのような地獄のバッティングはないだろう。

「いやあ、でもさっきはホント助かったっす！　バネッサ姐《ねえ》さんが助けてくんなかったら、あの場で全部終わってましたからね！」

「なぁに言ってんのよ。同じ騎士団の仲間じゃない。困ってるときはお互い様よ」

アスタの頭をわしゃわしゃと撫《な》でつつ、バネッサは豪快に笑う。

聞けば彼女は、事情がよくわからなかったものの、ノエルたちが追い詰められている様子を見てとり、とっさに助けに入ってくれたのだという。

いつもはただのお酒好きにしか見えない彼女だが、いざというときには非常に頼りになる。後輩思いで姉御《あねご》肌《はだ》の先輩なのだ。

「でも、事情がわからなかったのに、よくあんなに機転《きてん》の利《き》いたきり返しができたわね」

「んー。いや、実は、なにも事情がわからなかったわけではなくて……」

ノエルの称賛に対して、しかしバネッサはどこかバツの悪そうな顔になって、

「……今日の明け方まで、団長と共有スペースで酒盛りしてたんだけど、『人形見せてくださいよ～』って言って、無理にここまで持ってきてもらったの……私なのよね」

……ああ、共犯者《おなかま》のかたでしたか。

「それはそうと、バネッサ、アナタならこの人形、直せるんじゃない？」

気持ちをきり替えつつノエルが問う。繊細な魔法を扱う彼女なら、修復ができるのではないかと思っての質問だったが、

「自信はあったんだけど、ここまで原型をとどめてないと無理ね。っていうか、だいぶこだ

わって作ったみたいだから、他の人の手が加わったら、すぐわかっちゃうんじゃないかしら？」

……なるほど。フィンラルの魔力が回復したら、彼の空間魔法〝堕天使《だてんし》の抜《ぬ》け穴《あな》〟で人形職人のところに行く、という手も考えていたのだが、バネッサの話どおりならそれも無理だろう。人形は直ったとしても、誰かの手が加わっているとバレたらキレられるかもしれない。

しかしそうなってくると、いよいよ八方ふさがりなわけで……。

「そこで……これよ！」

そこでバネッサは、先ほど自分の部屋から持ってきた布袋を開け、中身を取り出した。

「なによ、これ……？」

カウンターテーブルの上に置かれたのは、どこにでもありそうなデザインの白い壺だ。特別なものには思えないが……。

「魔導具《まどうぐ》〝戻《もど》ルンです〟！　この中に壊れたものを入れると、自動的に修復してくれるっていう、素敵《すてき》魔導具よ！」

「「おおっ!!」」

ネーミングセンスに難があるような気がしたが、それはともかく、

「めっちゃすげえじゃねえっすか！　さすがバネッサ姐さんっす！」

「けど、本当に大丈夫なの？　こう、都合が良すぎるというか……」

手放しで喜ぶアスタに対して、ノエルは懐疑的な目で壺を見た。

平たく言えば、めちゃくちゃ胡散臭《うさんくさ》い代物《しろもの》だからだ。

「ま、全体の半分以上欠損《けっそん》してるとダメみたいなんだけどね。潰れてるのは顔だけだし、なんとかなるでしょ。それにドミナから買ったものだから、性能は折り紙つきだと思うわ」

「ああ……」

ネーミングセンスのあたりから薄々《うすうす》思っていたが、やはりそうか。

ドミナとは、いろいろあって知り合った魔導具職人の女性だ。人間性に少しだけ難があるが、職人としての腕にはノエルも信頼を寄せている。

「ただ、そんな簡単にはいかないわ。この手の魔導具って、発動のための条件……いわゆる〝儀式〟っていうのをする必要があるの。それを通して魔力を注《そそ》ぎこんで、修復するための力に変える、っていう仕組みなのよね」

「……つまり、どんなことをすればいいの？」

儀式、という大げさな言葉に身構えつつ、ノエルは問い返す。

流れで納得してしまっていたが、壊れたものを直すなんて、普通に考えてとんでもないことだ。そんなすごいリターンがあるのだから、それなりのリスクがあって然《しか》りだろう。

「簡単に言えば、この人形ができるまでの『労力』を再現する、って感じかしらね」

「……労力を再現？」

オウム返しをするノエルに、バネッサはひとつ頷いて、

「少し説明がややこしいんだけど……この人形って、ヤミ団長が苦労して作ったものなわけじゃない？　だからそれを直すための儀式も、同じくらいの苦労を再現するもの……っていうふうに設定されているらしいの」

……なるほど、確かにややこしいが、わからない話ではない。他人様《ひとさま》が丹精《たんせい》込めて作ったものを壊してしまったのだ。同じくらい丹精を込めて直すのが道理というものだろう。

そうして『苦労』をすることが、そのまま儀式の内容となるらしい。

「……いや、でも……ヤミ団長と同じくらいの苦労をするって言われても……どれくらいの苦労があったかなんてわからねえし、なにをどうすればいいかもわからねえっつーか……」

「それも指定されてるわ。儀式は全部で五つ。それをクリアすれば、同じくらいの労力を注ぎこんだ、って、みなしてくれるみたいね」

アスタの問いに答えつつ、バネッサは壺の中からメモ紙を取り出して、

「で、その内容なんだけど……」

それを見ながら、難しい表情をする。

このタイミングでそんな反応をされると、ものすごく怖いのだが……。

「……やっぱり、相当大変なことなの？」

耐えきれずにノエルが問うと、バネッサは変わらず微妙な表情をしながら、

「大変っていうか、ちょっと特殊なことなのよね……まあ、ドミナのことだから、悪用を防ぐために、あえてちょっと複雑なことにしたんだと思うんだけどさ……」

なんて言いつつも、覚悟を固めるようにして、

「……読みあげるわね。発動のために必要な儀式、ひとつ目――」


「炎魔法《ほのおまほう》〝爆殺散弾魔球《ばくさつさんだんまきゅう》〟っ！」

勢いよく吠《ほ》えつつ、マグナは大ぶりのオーバースローフォームで炎の球《たま》を投げた。

「ばっちこぉおいいイイイッ！」

不規則な軌道を描きながら飛来する炎の球を、アスタは黒い大剣で片っ端《かたっぱし》から叩《たた》き落《お》とし、打ち返し、斬《き》り伏《ふ》せ、瞬《また》く間に無効化させていった。

「アスタくん！　こっちもこっちも！　雷魔法《かみなりまほう》〝迅雷《じんらい》の崩玉《ほうぎょく》〟！」

炎の球を処理した直後、今度はラックの雷の球が、アスタの背中めがけて飛んできた。

絶対的に不利な体勢だったが、しかしアスタは好戦的に笑って、

「ふんぬおおおォォォッ‼」

大きく身をよじり、無理な体勢から大剣をフルスウィングし、雷の球を真《ま》っ二《ぷた》つにした。

一歩間違えば大きな怪我につながるほどの、激しい戦闘訓練だ。

アジトから少し離れた森の中までやってきた彼らは、先ほどからこの激しい攻防を繰り広

げていた。

「……はい、時間になったわ！　いったんストップ！」

遠巻きに三人を見ていたバネッサが、大きな声で彼らに呼びかける。

すると戦闘がぴたりと止《や》み、三人はそそくさと――ラックだけは名残惜《なごりお》しそうに――バネッサの元までやってきて、

「どうっスか、バネッサ姐さん!?　クリアっすか!?」

「ちょっと待って、これから反応が出るとこだから！」

アスタの必死な問いかけに対して、バネッサも目を血走らせながら答え、手に持った壺を凝視する。なんでも、課題をひとつクリアしていくごとに、壺にダイヤのマークが刻印《こくいん》されていくらしい。

一同がその反応を期待するなか、フィンラルが半信半疑な様子で頭をかきながら、

「……っていうか、ホントにこんな変なことが、儀式として成立するんスか？」

……そう。

バネッサが言ったとおり、儀式はすべて特殊なものだったのだ。

『特殊』いや、もはやへんてこと言い換えてもいい。とても魔導具の儀式とは思えないようなそれが、説明書代わりのメモ紙には書き連ねてあったのだった。

とはいえ、それ以外頼るものもなかったため、一同は半信半疑で最初の儀式――『一定時

間以上、ガチンコで魔法の戦闘を行うこと』に手をつけたのだった。

ちなみにこの儀式は、人形を作るために注ぎこんだ『激情』を再現するためのものらしいのだが……。

「……なんていうか、とても魔導具の儀式とは思えないっていうか、他にいくらでもやりようがある気がするっていうか……」

「フィンラル、うるさい。文句ならコレ作ったドミナに……おっ！」

フィンラルとバネッサの会話に反応したように、壺全体が淡い光りを発した。

「よっしゃあァァァッ!! 一発でうまいこといった……て、え？」

そんなふうにアスタが勝鬨《かちどき》をあげようとしたが、壺にはダイヤが刻《きざ》まれることはなく、代わりに文字のようなものが浮き出てきた。

そこに書かれていたのは……。

『ヤンキーの人↓笑顔がないのでやり直しです』

「よっしゃ、わかった！ ぶっ壊す!!」

「ちょ、マグナセンパイ!?」

壺を蹴り割ろうとするマグナに、アスタが飛びついて羽交《はが》い絞《じ》めにした。

「止めんじゃねえよアスタァッ！ 戦い方のことでどうこう言われるならまだアレだけど、顔のダメ出しってなんなんだよ!?」

「いや、わかんないっすけど、きっとなにか理由が……！　ど、どういうことっすかね、バネッサ姐さん⁉」

アスタにはうまいフォローが思い浮かばず、バネッサに助け船を求める。

彼女は考えこむようなそぶりを見せてから、やがてなにかを思い出したように、

「……ごめん、もしかしたら、もう一個条件ある、かも」

気まずそうな表情で、もう一度メモ紙を取り出した。

「『ものを作るのは苦しいことばかりではない。それゆえ、儀式の最中は楽しそうに笑っていなければならない』……って、書いてある」

ノエルは思った。次にドミナに会ったら、一回だけひっぱたかせてもらおう、と。

そんな決意を固めるノエルの傍《かたわ》らで、マグナも目を見開きながら、

「いよいよどんな条件だよ⁉　っていうか、書いてあるんだったら最初から言えよ！」

「しょ、しょうがないじゃない！　こんな冗談みたいな条件、酔っぱらって適当に書いただけだと思ってたのよ！」

ノエルは思った。それはそれで問題だと思う、と。

「そもそも、最初に言ったからって、アンタ上手にできてたわけ⁉」

「できたに決まってんだろうが！」

ジャッ！　と、マグナは自慢の銀髪をかきあげてから、短い眉毛《まゆげ》を八の字に寄せ、鋭い眼

を限界まで見開き、仕上げとばかりに口元をまがまがしく歪めた。

そうしてできあがったのは、ものすごくヤカラ臭《しゅう》のする笑顔だ。

「どうだコラッ⁉ 最初っからこれやってたら、余裕でクリアだったろうがよ⁉」

マグナがそんなふうに笑いながら怒ったとき、さらなるメッセージが壺に浮かびあがった。

そこに書かれていたのは……、

『ヤンキーの人↓アナタの顔は苦手《にがて》です』

「──よっしゃ、わかった、粉々にぶっ壊す！」

「だから、落ち着いてくださいってば‼」

壺に向けて炎の球をぶちかまそうとするマグナに、再びアスタが飛びついて止める。

……そしてその後、マグナをフィンラルに入れ替えたところ、あっさりクリアとなった。


そして、続く第二の儀式は、アジトの食堂に戻って女性陣により行われることになった。

「ほらぁ！ 特製シチューできたから、ちゃっちゃっと食べなさい、野郎ども！」

「こ、こっちも、特製カレーできたわよ！」

『創意工夫《そういくふう》』を再現するための儀式『魔法を用《もち》いて創作料理を作り、それを完食すること（人数×五人前以上の分量）』。

相変わらずへんてこではあったが、さっきの課題から比《くら》べたらだいぶ難易度が下がったよ

なってもいないが、幸いひとり

うに思える。訓練後なのでお腹《なか》も減っていた。

ラックだけはヤミの部屋の見張りに行っていて参加できていないが、幸いひとりがいなくがいなくなっても達成可能な条件である。

これだったら、意外とすんなりいけるかもしれない。

「……おい、ふざけんなよ、酔いどれ女。なんでシチューが紫色なんだよ。肉に巻いてあった糸もすげえ浮かんでるしよ。ボウフラにしか見えねえぞ」

「ノ、ノエルちゃんも、え、これ、カレーって言った？　えーっと、茶色く濁《にご》ったお湯にしか見えないんだけど……水の分量とかって、ちゃんと量《はか》ったり、した？」

……『黒の暴牛』の女子たちに、女子力さえあれば。

確かにアジトの炊事《すいじ》のいっさいは、チャーミーの綿創成魔法《わたそうせいまほう》〝ヒツジのコックさん〟によって行われている。だから女性陣たちが料理を作れないのはしかたないし、マグナやフィンラルだって大したものは作れないと思うのだが……。

「うるっさいわねえ、童貞ヤンキー。隠し味にムラサキヘビ入れたらそうなったのよ。糸もそれ、糸魔法《いとまほう》が混じっちゃっただけだから大丈夫よ。食べても死なないわ」

隠し味が隠れていないうえに絶望的な臭《にお》いを醸《かも》し出《だ》している。混入された糸魔法の残骸《ざんがい》にいたっては、食べ物ですらない。

「カレーよ。王族の私が言うんだから、カレーなのよ」

王族という言葉はそんなに万能な調味料ではない。

なんてことを思いながら、マグナとフィンラルが表情を引きつらせていると、

「ふたりとも、それいらないんなら、オレがもらっちゃっていいっスか！」

「「……え？」」

ふたりの前に置かれた料理（らしきものを）を、アスタが自分の手元に引き寄せていった。

見れば彼の前には、すでに何枚ものお皿が積みあがっていた。

「ほ、ほら、見なさい！　ちゃんと食べられるものなんだから！」

そんな彼の様子を見て、ノエルは勝ち誇ったように言い放つ。『ちゃんと食べられるもの』なんて言葉を持ち出すあたりが、自分の腕前の尺度を表しているような気もするのだが、それはともかく、

「ど、どうなのよ、アスタ？　その、わ、私の料理は……？」

口をもごもごとさせながら聞いてみる。べつに深い意味はない。なにも感想がないまま作り続けるよりは、なにか一言くらいあったほうがモチベーションにつながると思って聞いてみただけだ。本当に、ただ、それだけで……。

「おう！　普通に食えるぞ」

ノエルがもじもじしていると、アスタはいつものように元気よく笑いながら、

「っていうか、オレ、教会育ちだからさ！　どんなもんでもマズそうに食べたら失礼だって、

シスターに教えられて育ってきたんだ！」

「ハ、ハッキリ言うなーっ!!」

そんなアスタの頑張りもあって、第二の儀式もクリア。


——そうしてその後も、一同は次々とへんてこな難題を消化していった。


『模倣力《もほうりょく》』を再現するための儀式『隣の人の物まねをしながら魔法訓練』

「ウェイウェイウェイッ！　フィンラルく〜ん！　早いトコ魔法発動しちゃっていいんじゃナ〜イス☆」

「なんスかそのパリピ感!?　バネッサさん、ふだんオレがそんなふうに……じゃなくて、えーっと……オレ、そんなチャラくねえんだぜ！　バカにすんなだぜ！　しゃ、しゃらくせえ！」

「フィンラル先輩！　オレもそんな言葉使ったこと……じゃなくて……使ったこと、な、ないんだからねえええェエエッ!?」

「……んだ、こらぁ、このやろ……ば、ばかやろぉ……こらぁ……」

最初から順に、
・フィンラルのまねをするバネッサ。

・アスタのまねをするフィンラル。
・ノエルのまねをするアスタ。
・マグナのまねをするノエル。
恥ずかしさのあまり、ノエルが二回ほど泣きそうになってしまったものの、クリア。


『禁欲』を再現するための儀式『高級なお酒を、魔法を使って瓶ごと大量に叩き割る』

「バネッサ姐さん！　気持ちはわかりますけど、その酒こっちに渡してくださいってば！　今から買いにいってる時間なんてないんスから！」

「い、嫌よ！　これがなくなったら、私……あ、明日からなにを希望に生きていけばいいっていうのよ⁉」

必死に説得するアスタをよそに、バネッサは酒瓶を我が子のように抱きながら泣きじゃくっている。その様子にドン引きしながら、マグナはわりとガチなトーンで、

「……儀式が終わったら、一回医者に連れてったほうがいいな、この酔いどれ女」

アジトの高級酒（主にはバネッサの私物）が根こそぎなくなったものの、クリア。


『表現力』を再現するための課題『魔法を使った宴会芸の開発と発表』

「……こ、これでとりあえず、全部終わったね」

フィンラルは憔悴《しょうすい》しきったように言ってから、空間魔法を用いた一発芸『秘技《ひぎ》・自分殴《なぐ》り』をやめた。

最初の儀式を行った場所——森の中のくぼ地までやってきた一同は、いままさに、最後の儀式を終えたところだった。

「……おう。でも、もう、やり直してる時間ねえぞ」

マグナの言うとおり、日はすっかり西に傾き、夜を迎える準備を始めていた。

ヤミを起こさなくてはいけない時間まで、残りいくらもない。

祈るような気持ちで、一同が壺を凝視した、そのとき。

「……え……?」

ポゥ、と、壺の中心に魔力が集まっていく。

そして——。

「……はは、ねえ、これ！　やったんじゃない!?　できちゃったんじゃない!?」

そんなふうに大声をあげながら、フィンラルは掲げるようにして壺を持ちあげる。

壺には最後のダイヤが浮かびあがり、五つ目のそれとして定着したのだった。

「……やっっったぜオラァァァッ！　どうだ壺野郎ォ!!　いオっじょらってんだラァァァ(※いまオレ上手に笑えてんだろうが、コラ)！」

「やったねやったね！　あはは、これで明日から、またみんなと殺し合えるねーっ！」

ヤンキー言葉を放ちながら漢泣《おとこな》きするマグナ。彼の肩をペシペシと叩きながら危険思想を口にするラック。その横では、フィンラルもバネッサも力強いハイタッチを交《か》わしていた。

「……やった」

そんななか、ノエルはフラフラと地面にへたりこんでしまう。

儀式の最中、ノエルはずっと不安だった。

元をたどってみれば、確かにここにいる全員は共犯なのだろう。

しかし、最初に人形をへこませたのは、他でもないノエルなのだ。

それに対してノエルは大きな責任を感じていた。誰も責《せ》め立《た》てはしなかったが――あるいは、だからこそ――罪悪感は一番強く持っていたと思う。

その重荷から解放されて、皆を巻きこまずにすむとわかって、腰が抜けてしまったのだ。

「な？　ノエル、言ったとおりだろ？」

そんなノエルに、アスタが手を差し伸べながら、いつものように笑いかける。

「やる前から諦めたら、どうにもなんなかったろ？」

「……バカスタ。あの時とは状況が違うじゃない」

彼の顔から視線を逸《そ》らしつつ、ノエルはそんな悪態を吐《つ》いてしまう。

諦めずに挑戦するという姿勢は、確かに美徳であるとは思う。

とはいえ、リスクが伴《ともな》うものであるとも思う。そうすることによって、かえって失うものが増えてしまうこともあるからだ。

……しかし、

「まあ、でも……そうね」

ノエルはアスタの手を握り返し、力強く立ちあがった。

それでも失敗を恐れず、何度も何度も挑戦することで、こうして成功をつかみ取れること
だって、確かにあるのだ。

単に諦めが悪いだけのようにも思えるが、それでも貫《つらぬ》き通せばこのとおり。

結果として、実を結ばせることができた。

だから、ノエルは、

「……今回は、そういうことにしといてあげるわ」

なんてことを言いながら、アスタに笑いかけることができたのだった。

（……って、ていうか、どさくさに紛《まぎ》れてアスタの手……握《にぎ》ってるっ!!）

「いやー、マジでよかった！　あとはこの壺に、人形入れるだけだね！」

ノエルの顔が真《ま》っ赤《か》っかになるのと同時、フィンラルが機嫌よさげに近づいてきた。

「で、ノエルちゃん、人形ってどこに隠したのー？」

また壊してしまうかもしれないので、人形は持ち歩かず、アジトのどこかに隠しておくことにしたのだ。その役割を担《にな》ったのが、ノエルだったのだが……。

「……共有スペースの、カウンターの、奥」

……そう。ヤミに見つからないよう、酒瓶のうしろのほうにしっかりと隠しておいたのだ。

しかし、

「でも、儀式で使うお酒を出すとき、いったんバーカウンターに置いておいて……」

そう。あの時は大変だったのだ。抵抗するバネッサに壊されないよう、人形をいったん棚から出して、カウンターの端《はし》っこのほうに置いておいた。

そして、

「……そ、そのあと、バネッサをなだめたり、次の儀式の準備とかしているうちに……出しっぱなしにして……」

言いながら、ノエルはポロポロと泣き始めた。

「……そのまま……隠すの……忘れてた……」

「「…………っはああああァァァッ!?」」

場を満たしていた達成感が一瞬にして吹き飛び、再び死の恐怖が一同を支配した。

「ざっけんじゃねえよ！　ここまできてオマエ……どんだけ初歩的なとこでやらかしてんだコラァァァッ！」

「しょ、しょうがないじゃない！　こっちだっていっぱいいっぱいだったのよ！　そ、そもそも、そっちだって気づかないのが悪いんでしょ！」

「あああぁァァッ、もうダメだ！　ヤミさん、共有スペースにはちょいちょいお茶とか飲みにくるもん！　もう終わりだよ、オレたち仲良くお魚のディナーだよぉォォォ！」

「い、いいよ！　僕がやったってことにするよ！　そしたら……ふひ、ヤ、ヤミ団長と……あは、あははは っ！」

マグナは頭を掻《か》きむしりながら叫び、ノエルは泣きじゃくりながら叫び、フィンラルは地を這《は》いながら叫び、ラックは笑いながら叫ぶ。もはや先ほどまでの一体感はみじんもない。そこにはただの地獄が広がっていた。

「お、落ち着きなさい！　まだ終わったって決まったわけじゃないわ！」

そんななか、辛《かろ》うじて平静を取り戻したバネッサが、自分に言い聞かせるようにして、

「……とにかく、アジトに戻ってみましょう」


「えーっと……うん、大丈夫だね。ヤミ団長の気配は、共有スペースにはないよ」

「よし……じゃあ、行くわよ」

ラックによる魔《マナ》の感知が行われた後、茂みに隠れていた一同は、バネッサの合図でアジトの玄関に向かって進み始めた。

「あはは。でもわかんない。団長のことだから、魔《マナ》の気配を殺して、玄関先で待ち受けてる、とかあるかもねー」

「……縁起でもないこと言わないでよ」

そんなふうに否定しつつも、バネッサは想像してしまう。

悪鬼《あっき》のごとき形相《ぎょうそう》で、全身からどす黒い魔力を放ちながら、カウンターチェアにふんぞり返っている、ヤミの姿を。

「……じゃあ、開けるわよ」

頭を振るってその想像を打ち消しながら、バネッサは玄関の扉に手をかけた。

一同が頷くのを確認し、ゆっくり扉を開け放って……。

「……いない」

最初は顔を半分だけ出して、次に半身を乗り出して確認してみたが、共有スペースにヤミの姿はない。

一番恐れていた事態は、なんとか回避できたようだった。

「よっしゃ！　じゃあ、早いとこ人形を壺ん中につっこんで……」

と、アスタが率先《そっせん》して人形の元へ行こうとしたとき、

「――らぁ〜！　みんな、やっと帰ってきた！　早くみんなでごはん食べよっ！　ごはん！」

「……テメエは任務中もずっと食ってばっかだったろうが、デコ助」

そのようなやりとりが、聞こえてきた。

「チャーミーパイセン……と、ゴーシュ先輩」

入口からではわからなかったが、共有スペースの奥のソファには、チャーミー・パピットソンと、ゴーシュ・アドレイが、なにやら作業をしながら腰かけていた。

「……あ、お帰りなさいっス。任務終わったんすね」

「うん、さっき終わって帰ってきた～！　そんで、みんながいなくて暇だったから、これで遊んでたんだよ～！」

と、片方の手で食べ物を持ちながら、もう片方の手でテーブルの上を指し示すチャーミー。

「ゴーシュがね、すごい上手なやつ作ったの！」

そこに置かれていたものは……。

「すごいのはオレじゃねえ。我が妹にして救世の女神……マリーの美貌《びぼう》だ」

「…………………」

――粘土細工で作られた、マリーの人形。

ものすごい完成度のそれを、ゴーシュは鼻血を出しながら持ちあげた。

「特別にオマエらにも拝《おが》ませてやる。さあ、この革命的なかわいさを前に、思う存分のたうち回れ、愚民《ぐみん》ども」

「……念のため、聞いておくけど」

ドヤ顔で言いきるゴーシュに、バネッサが声を恐ろしく低くしながら訊ねる。

「……その粘土、どこにあったやつ？」

「あ？　これか？」

ゴーシュはカウンターテーブルを指さし、

「あそこに置いてあった。初代魔法帝の人形っぽかったけど、壊れてるみたいだったんで、マリーの人形に作り替えたんだ。そのほうが粘土も喜んで……うごっ！」

ゴーシュがすべてを言いきる前に、バネッサは彼の元までダッシュすると、顔面に膝蹴《ひざげ》りを叩きこんだ。

「っにしやがる、この酔いどれ女⁉　マリーに鼻血がついたらどうするつもりだ⁉」

「一生鼻血が止まらないようにしてあげましょうか⁉　ちょ、……アンタ、自分がなにしたかわかってるわけ⁉　このドシスコンッ‼」

すでに説明したように、全体の半分以上が欠損していると、壺の中に入れても元には戻らない。

つまり、半分以上どころか、全体がマリーになっているこの人形は、もはやマリーの人形でしかないわけで、壺に入れてもマリーにしかならないわけで……。

「マジでどうしてくれんのよ、これ⁉　私のお酒返しなさいよおォォォッ！」

「やめてください、バネッサ姐さん！　怒るポイントがただの私情です、それ！」

バネッサがゴーシュの胸倉《むなぐら》をつかむと、アスタがすかさずそれを止め、その光景を見ていたフィンラルが膝から崩れ落ちて、

「……うわ、うわあああァァァッ！　終わった！　今度こそ、マジで終わったあァァァッ！」

頭を掻《か》きむしりながら、泣き叫び始めた。それを皮きりに他の一同もテンパり始め、再びカオスな空間が舞い戻ってしまう。

（※『魔王への献上品に手をつけてしまった』くらいのリアクションをしているが、彼らがしたことは、あくまで『身内の私物を壊してしまった』というだけのことである）

「……おい、よくわかんねえけど、とりあえず落ち着けよオマエら。ホラ、マリーの顔見てると、ふわふわしていい気分になれるぞ。大丈夫。中毒性はあるけど安全なものだ」

「みんな、お腹すいてるからカリカリするんだよ！　とりあえずこれ、食べてみ、食べてみ？」

そのカオスにゴーシュとチャーミーが加わったところで、唐突に、

「……おーい。もうこんな時間じゃんかよ。ちゃんと起こせよな～」

――破壊の足音が、一同の耳に飛びこんできた。

「ヤ、ヤミさん…………！」

フィンラルがこの世の終わりみたいな声で言う。

足音の主――ヤミは眠たげに目をこすりつつ、階段をノロノロと下ってきたのだ。

もはや万策《ばんさく》尽《つ》きた一同は、恐怖に震えながらそれを見ていることしかできない。

「おー、そーだよ。ヤミさんだよ。オマエが起こさねえせいで、ヤミさん危うく遅刻すると

こだったじゃねえかよ。ヤミさん超焦《あせ》って……ん？」

やがて一同の前までやってきたヤミは、テーブルの上の人形を見ると二秒間ほど硬直し、

「え、それってもしかして、オレが作った初代魔法帝の……」

「……ごめんなさいっ!!」

ヤミが言いきるより早く、ノエルはヤミの目の前まで行き、ものすごい勢いで頭を下げた。

「い、いろいろあって、こんなことになっちゃったんですけど……最初に人形を壊したのは、私なんです！　ぜ、全部、私が悪いんです！」

そう。さっきも思ったとおり、最初に直接的なダメージを与えたのはノエルなのだ。他の団員はその原因を作っただけ。あるいは、修復しようとしてダメージをひどくしてしまっただけだ。

実行犯はあくまで自分なのだ。

誰よりも早くその旨《むね》を言ってしまえば、怒りを買うのは自分だけですむかもしれない。

そう思って、さらに言葉を重ねようとした、そのとき、

「「「「すいませんでしたあああァァァァッ」」」」

「…………っ!?」

団員たちの謝罪の声が、共有スペースいっぱいに響き渡った。

「ノエルがやらなくても、オレが壁と一緒にぶっ壊してました！　っていうかノエルは、そ

の爆発から人形を守ってくれたッス！　やるならオレをやってくださいィィィッ!!」

「いやそれは、オレが変なとこに空間の穴をつなげなければ、壁を壊さなくてすんだわけで……で、でも、ヤミさん、お願いします！　明日の！　明日の合コンだけは行かせてくださいっ!!　お願いします、お願いします！」

「んー、でもさー、それで無事だったとしても、その後に僕が壊しちゃってたと思うんだよねー。あはは、だからさ、団長、僕と殺し合ってよっ!!」

アスタとフィンラルが言うのと同時に、他の団員たちも次々とヤミに群《むら》がって、

「いや、そもそもオレが、とっととヤミさんの部屋に人形片づけとけばよかったんス！　ぐおォォォ！　ヤミさんの筆頭舎弟《しゃてい》として、あるまじき失態だあァァァッ!!」

そんなふうにラックとマグナが叫べば、バネッサも同じように苦悶《くもん》の表情を浮かべて、

「それ言ったら昨日《きのう》、私が人形を見せてくださいなんて言わなきゃよかったわけでしょ？　だから私が悪いんだけど……お願いします。お仕置きの前に、ちょっと一杯ひっかけさせてください！　マジでもう……限界なんです！」

「いや、よくわかんねえけど、最終的に人形の形を変えちまったのはオレなわけだろ？　じゃあオレが悪いだろ……いや、マリーのかわいさが犯罪的ってことでもあるわけだが」

「でもでも、あたしもそれを黙って見てたわけだから、あたしも悪いよー！　……あ、でも、ご飯抜かれるおしおきは、ちょっとアレだけど……」

さらにゴーシュとチャーミーまで参戦したものだから、いよいよ収拾《しゅうしゅう》がつかない事態となってしまう。

聞く側からしたら、誰がどう悪いかなんて、さっぱりわからないだろう。

「……オイ、ノエル！　なにオマエ勝手に謝ってんだよ」

「あいたっ！」

そんななか、アスタが小声でノエルを怒るとともに、ズビシッ！　と、軽くチョップを食らわせる。

「みんなでやったことなんだから、みんなで謝るんだよ。抜け駆けしてんじゃねえ！」

「ぬ、抜け駆けって……」

反論しようとしたノエルだったが、確かに、考えてみれば……。

最初から彼らは、責任のすべてを誰かに押しつけるようなことは、誰も言わなかった。

あくまでも全員の問題として、人形の修復にあたっていた。

「勝手にひとりで背負《しょ》いこんでんじゃねえよ。オレたちにもちゃんと分けろ！」

「…………」

……ノエルは、改めて思い知る。

他の誰かの問題でも、自分のこととして考えられる人たちの集まり。

たったひとりのために、他のみんなが全力で動いてくれる人たちの集まり。

『黒の暴牛』とは、そういう組織であるということを。

そんな人たちの一員に、自分もなれたのだということを。

「……そ、そんなこと、わかってるわよ。えらそうに言わないで」

先ほどまでとは違った意味で、ノエルはまた泣きそうになってしまったが、辛《かろ》うじてそんな憎まれ口を返す。するとアスタはいつもどおりに大きく笑って、

「ならよし！　そしたらもう一回、ちゃんとヤミ団長に謝って……ん？」

そのヤミだが、どういうわけかなにも言わずに、人形の置いてあるテーブルまで移動した。

そして、いきなり。

ビタンッ!!

大きな手で、いきなり人形を叩き潰した。

「「「「ええええええええええぇぇエエエッ!?」」」」

破壊の神の突然の奇行に、団員一同が驚きの声を——ゴーシュだけは違う意味で——あげた、その直後。

「……え、なに、これ……？」

「人形が、元に戻って……る？」

バネッサとノエルの言葉どおり、粘土は淡《あわ》い光を放ち、だんだんと人の形を成していく。

そうして数秒も経《た》たないうちに、初代魔法帝の姿へと戻っていったのだった。

「…………えっと。すいません、ヤミさん、これは、いったい……？」

長い沈黙の後、恐る恐る訊ねるフィンラルに、ヤミはタバコをくわえながら、

「もともとこういう魔導具なんだよ。最初に作ったものを記憶すんの。そんで、その後何回形が変わっても、こうやって完全に叩き潰してやれば、またもとの形に戻るんだよ」

「……ってことは、つまり？」

ヤミはマッチを擦《す》ってタバコに火をつける。

フーッと、紫煙を吐き出すついでとばかりに、いつもとまったく変わらない口調で、

「お仕置きもなにもあるわけねえだろ。そもそも壊れてねえんだから」

「…………！」

フィンラルとヤミのやりとりを聞いて、ノエルは再び腰が抜けてしまい、他の団員たちも大きな――本当に大きな安堵《あんど》の息を吐いた。

「……よかった……はは、マジでよかった！　明日も生きていられる！　女の子とおしゃべりできる！　合コンに行けるううぅゥゥっ！」

と、フィンラルが両手を空に突き出しながら叫ぶと、マグナもポロポロと泣き始めて、

「あ、あれ？　なんだよオイ……明日の朝日が拝めるんだってわかったら、急に、涙がっ……！」

「……うん、まあ、さっきの態度といい、日ごろオレがオマエらにどう思われてるのか、よ

くわかったよ」

フィンラルとマグナに向けてそう言ってから、ヤミはノエルに視線を振って、

「ま、あの熱血真面目大王もこんな感じで、何回ぶっ潰されても元に戻るだろーよ、っていう、オレからの素敵メッセージ付きのプレゼントなんだけど……そういうもんでもねえ限り、こんな危ねえとこに持ってくるわけねえだろうが。持ってきたとしても、確実に自分で片づけるっつーの」

「……まあ、そうですよね」

ノエルはそう言いながら頷くしかできなかった。まったくもってそのとおりだったからだ。

「あー、焦って損した～……っていうか、じゃあやっぱり、私のお酒は無駄死にじゃない⁉」

「はは、助かったんだからいーじゃないっすか。後でみんなで買いにいきましょう」

思い出したようにブチきれるバネッサを、フィンラルが苦笑交じりになだめた。

……確かに彼女の言うとおり、ここまでの苦労は全て無駄だった、ということになる。

とはいえノエルは、不思議と虚《むな》しさや腹立たしさを感じることはなかった。フィンラルの言うとおり、助かってよかったという安心のほうがはるかに勝《まさ》っているのだろう。

……それと、もうひとつ。

『――オレたちにもちゃんと分けろ！』

この一件がなかったら、アスタのそんな言葉を聞くこともなかった。

手を握ることも、たぶん、なかった。

だからきっと、これはこれでよかったのだと、そんなふうに思うのだった。

「ん？　なんだよ、ノエル。オレの顔になんかついてっか？」

「……ん、え、あ⁉」

無意識にアスタの顔を見ていたらしく、ノエルは慌《あわ》てて顔を逸らした。

「ち、違《ちが》……い、今のはちょっと、その、油断《ゆだん》してただけで……ほ、本当は、そんなこと思ってないいんだから！　このバカスタ⁉」

「痛《いて》っ⁉　痛ぇよ、オイ！　なんのビンタだよ⁉　謎の暴力やめろ！」

「……っつーか、マジでオマエら、オレのことなんだと思ってんの。仮に直らねえもんだったとしても、べつにそこまで怒りゃしねーよ」

アスタとノエルのやりとりを横目に、ヤミはだらだらとカウンターテーブルへ向かう。

「こんなもん、またいくらでも作りゃあいいだけだろうが。でもテメエらバカヤローどもは替えがきかねえんだから、こんなことでどうこうしねえよ」

「ヤ……ヤミさん……！」

いや、結構どうこうされることあったと思うけど……なんてこともフィンラルはチラリと思ったが、その場の雰囲気に流されたのか、感動したように涙をぬぐった。

実際、今回の件は少し大げさに騒ぎすぎたかもしれない。

周《まわ》りから好き勝手に言われてしまっているが、ヤミはそこまで暴力的でも理不尽でもない。

きちんと団員の思いを汲んでくれる、器《うつわ》の大きい団長なのだ。

「……起こすのが遅れてしまって、本当にすいませんでした！　さあ、行きましょう、ヤミさん！　このフィンラル、アナタをどこまでもお連れして……！」

「……ん？」

フィンラルがヤミにすり寄っていくのと同時に、ヤミが軽く小首を傾《かし》げて、

「なあ、そこに置いてあった酒、知らねえ？」

「ああ、カウンターのお酒ですか？」

バネッサのへこみっぷりを横目にしつつ、フィンラルは苦笑気味に、

「それが、人形を戻すための儀式で、一本残らず叩き割っちゃったんですよ。はは、でもまたすぐ買ってき……」

「……年に一回しか出荷されない、超レアな高級酒……『リュウゼンカグラ』っていうのが、あったんだけど」

「「「「…………………………え？」」」」

——瞬間。

一同は、肌で感じた。

「今日の飲み会のために、大事に大事にとっといた『リュウゼンカグラ』……カウンターの奥のほうに、置いといたんだけど」

温かな雰囲気が一瞬にして吹き飛び、代わりに地獄みたいな冷気が張りつめていくのを。

「……ふぅん。そうなんだ。叩き割ったんだ。オレの、好物の、酒を……ふぅん」

ヤミの纏《まと》う空気が、ドス黒く変色していくのを。

一同は、確かに感じた。

「……え、ちょ……ヤ、ヤミさん……アレ？　さっきまでの、その、話は………？」

ガタガタと震えながらも、フィンラルは保身のため、なんとかその言葉を絞り出す。

「……さっきの話？」

「は、はい。ほら、あの、ヤ、ヤミさんのものを壊したからって、どうこうしないって……っていう、あの……」

「ああ、うん」

ヤミは悪鬼のごとき形相で、全身からドス黒い魔力を放ちながら、カウンターチェアにふんぞり返った。

「したっけ？　そんな話」

——そうして、結局。

破壊の神は、理不尽な猛威を振るうのだった。

「……っつーわけで、こんな安酒になっちまってすんません」

そんなふうに謝りながら、ヤミは目の前に座る人物のコップへと酒を注《つ》いだ。

四角いテーブルを挟《はさ》んで、ヤミの対面側の椅子に腰かける人物は、

「……うん、いや、それは全然、いいんだけど」

当代魔法帝、ユリウス・ノヴァクロノ。

注がれた酒に口をつけつつ、彼は微苦笑を浮かべた。

フエゴレオンへのお見舞いをすませたヤミは、そのまま騎士団本部の中庭にある東屋《あずまや》へと向かった。そこで先ほどユリウスと合流し、こうして酒を酌《く》み交《か》わしているのだった。

「結局その後、暴牛の子たちはどうなったんだい？」

まさか本当にラクエの海に沈んで……？　なんて思いながらユリウスが訊ねると、ヤミはきわめてどうでもよさげに、

「さあ？　アジトの周り80周と、腕立て腹筋背筋《ふっきんはいきん》スクワットうさぎ跳《と》び70回×40セットずつやれっつっといたから、頑張ってる最中じゃねえっすかね？」

ユリウスは思った。今月だけは『黒の暴牛』の賃金を少しだけ上げてもらえるよう、経理の者にかけあってあげよう、と。

給与項目は、『筋肉手当』とかでいいだろう。

「しかし……相変わらず君のところは仲がいいというか、協調性がすごいね」

『団長の私物を壊した』という、たったそれだけのことで一枚岩となり、全員が全力で問題解決にあたる。しかも任務でもなんでもない平時に、だ。

それだけヤミのパワハラ……もとい、団長としての影響力が大きいというとらえ方もできるが、だとしても対応が柔軟すぎる。ふだんからお互いを信頼し合っていなければ、そんなにすぐに連携して動くのは無理だろう。

「……ほかの魔法騎士団にも、斯《か》くあってほしいものだね」

「ん？　オレのスパルタ教育？」

「うん、違う。そっちじゃない」

彼に指導を任せたら、魔法騎士団は筋肉の軍団へとなり果てるだろう。

「結束力や、信頼関係の話さ。みんな、君のところと同じように仲よくしてほしいんだけど、そうもいかなくてね」

酒の入ったグラスを揺らしながら、ユリウスは悲しげに告げる。

魔法騎士団では、その実績や活躍に応じて『星《ほし》』が授与されることとなっている。これの取得数を競い合わせることで、各騎士団のモチベーションの向上へとつなげているのだ。

しかし反面で、協調性を欠く材料となっていることも否《いな》めない。

同じ騎士団の仲間同士であっても、星の取得を意識するあまり、仲間を出し抜こうと考える者が出てくるからだ。協力すればすんなりといくことでも、競争心が邪魔をして、お互いに悪い影響を与え合ってしまう。

もちろん、全員がそういうわけではない。しかしそういった団員が、各騎士団に一定数いることも事実で、ユリウスの頭を悩ませる材料となっていた。

「……まして、『白夜の魔眼』からの襲撃直後だからね。断固たる意志で戦っていくと表明したばかりだし、より一枚岩になってもらわないと困るんだけど……なかなかね」

「んーまあ、そればっかりはねえ。仲良くしろっつってそうなるもんでもねーし」

「……はは、他人事《ひとごと》みたいに言ってくれるね」

なんともどうでもよさげに言い放つヤミに、ユリウスは失笑した。

「でも実際、ダンナがそこまで頭悩ますような問題でもねえと思いますよ。敵さんとの戦闘が激化すれば、嫌でも連携しなくちゃなんねーようになると思うしね」

「まあ、そうなんだけどさ……」

そうなってからでは遅いかもしれないわけで……なんて思ったものの、確かにヤミの言うとおりでもある。現段階ではそこまで深刻な問題ではないのだ。

なにか具体的な策を講じるのは、もう少し様子を見てからでもよいのかもしれない。

ただ、現段階でしておくことがあるとすれば……。

「……君の騎士団のありかたを、他の騎士団に見習ってもらうのも、ひとつの手かもしれないね」

「……ん？　すいません、なんか言いました？」

小声で言ったその言葉を、ヤミが自分のコップに酒を注ぎながら聞き返してくる。

ユリウスは小さく笑《え》みながら首を振って、

「なんでもないよ……」

と言いつつ、酒に口をつけた。

確かに安っぽい味だ。

とはいっても、ユリウスは酒の味にうるさいほうではないし、仮にそうだったとしても、別に文句は言わなかったろう。

「……さて、久々の酒盛りなのに、仕事の話ばかりして申《もう》し訳《わけ》なかったね」

立場を抜きにすれば、だが、ユリウスはヤミのことを弟か息子《むすこ》のように思っている。

そんな彼と呑《の》む酒だったら、大体なんでもおいしいと、そう感じられるからだ。

「最近あったこととか、いろいろ聞かせてよ」

そんな話題を肴《さかな》にしながら、夜は更《ふ》けていくのだった。

「……ん？　そういえば、ヤミ」

肴の話に興が乗り、ユリウスが二本目の酒を開けようとしたとき、

「……その、団員の子たちがなにかを隠しているって、君なら『氣《き》』を読むことでわかったんじゃないのかい？」

そんなふうに訊ねてみると、ヤミは『あー、はい』なんて言いながら適当に頷いて、

「気づいてましたよ。でもなんか面白そうだったから、泳がせときました」

「…………」

……今月だけではなくて、通年で賃金を上げてもらえるように、かけあってあげたほうがいいかもしれない。

BLACK CLOVER

1
2
3
4

二章《にしょう》 ✿ 金色《こんじき》たちの中心《ちゅうしん》で

魔法帝《まほうてい》直属の魔道士《まどうし》軍団――魔法騎士団《まほうきしだん》のひとつ『金色《こんじき》の夜明《よあ》け』団《だん》。

群雄割拠《ぐんゆうかっきょ》の魔法騎士団において、常《つね》に最上位の功績を示し続ける、言わずと知れた最強の騎士団だ。

その構成員はもちろん、選び抜かれた貴族・王族のエリートのみ。

中途半端な魔力のものでは選抜の段階にすら上がれない、精鋭たちの集《つど》いなのだ。

「氷創成魔法《こおりそうせいまほう》〝薄氷の扇舞《キャンディ・オルタネイト》〟」

「だったらこっちは……炎魔法《ほのおまほう》〝ヴァジェトの足跡《あしあと》〟!!」

そして今日は、そのエリート団員たちの多くが一堂に会《かい》する日――定期演習の日だった。

定期演習とはその名のとおり、定期的に開催される団内での演習のことで、任務中の団員以外は参加することになっている。

「ライオネル三等下級魔法騎士、攻撃パターンが画一的《かくいってき》すぎるぞ！　サリンジャー四等下級魔法騎士は一撃必殺を狙《ねら》いすぎだ。実戦でそんな大技《おおわざ》が決まると思うな！」

「「はい！　申し訳ありません！」」

演習といえども、その内容は熾烈《しれつ》を極《きわ》めるものだ。

最強の称号は決して飾りではない。王者であり続けるため、彼らはこうして日々の努力を重ねているのだった。

選び抜かれたエリートだからこそ、最強を名乗ることを認められた者たちだからこそ、この厳しい訓練に耐え、厳しい任務に還元していけるのだ。

そこに平民や、まして下民《げみん》などが入りこむ余地など、微塵《みじん》もありはしない。

強者のみが生き残ることを許された、弱肉強食の世界なのだ。

そう――そのはずなのだ。


「うおおおォォッ！　すげえ！　どこもかしこも、めっちゃ魔法バトルしてるううゥゥゥ！」

『金色の夜明け』団員たちが集まっているこの場所は、魔法騎士団入団試験会場にも使われた円形闘技場《コロッセウム》だ。

彼らはそこで、ふたり一組《ツーマンセル》の実戦演習を繰り広げているのだが……。

「いやあ、さすが『金色の夜明け』団は、こんな大規模なことやってんだなっ!!」

そのコロッセウムの中心に、この場に似つかわしくない少年の姿があった。

彼はどういうわけか『金色の夜明け』団の白いローブを着ていない。

その小柄な身体《からだ》に纏《まと》っているのは、真《ま》っ黒《くろ》なローブ。

九騎士団の団員たちには、各々《おのおの》が所属する騎士団のローブが支給される。任務中にはその着衣が義務づけられ、それによってどこの所属かを見分けられるようにしてあるのだ。

彼が着ているローブは……。

「これ、誰とでもヤり放題なのかよ⁉　いいなあ、『黒《くろ》の暴牛《ぼうぎゅう》』のみんなも連れてきてやりてえなあ！　ラックとか死ぬほど喜ぶと思うよ、これ！」

そう、あの、最低最悪の魔法騎士団『黒の暴牛』。

白いローブの団員がひしめくなか、彼はたったひとり、黒いローブで練《ね》り歩《ある》いているのだ。

そして、そんな彼の左右には、ふたりの白いローブの男女がともに歩いている。

「うふふ、アスタさんったら、そんなに喜ばれて……かわいらしい」

右側にいるのは、オレンジ色の長髪と、おっとりした雰囲気が特徴的な女の子、ミモザ・ヴァーミリオン。

「アスタ、嬉《うれ》しいのはわかるが、もう少し静かにしてくれ！　皆がこちらを見ているではないか！」

左側にいるのは、神経質そうな黒縁眼鏡《くろぶちめがね》の男、クラウス・リュネット。

両方とも『金色の夜明け』団の団員だ。

『黒の暴牛』の団員が、『金色の夜明け』団のふたりを従えながら、『金色の夜明け』団のホームを闊歩《かっぽ》している。

異様な光景であった。

「あ、じゃあ、ちょうどいいわ！　ご挨拶《あいさつ》がまだだったんで！」

周囲の視線を集めまくった彼は、やがてぴたりと足を止め、大きく息を吸いこんだ。

そして、

「『金色の夜明け』の皆さん、初めまして！　『黒の暴牛』から来ました、アスタっす！　今日は一日、よろしくお願いしまぁぁぁぁぁぁぁっす‼」

——エリートのみで構成された空間の、その中心で。

最低最悪の騎士団の少年は、大きな声で自己紹介をぶちあげたのだった。


魔法騎士団の最高峰である『金色の夜明け』団の中に、最低最悪の騎士団『黒の暴牛』のポジティブ小僧が、なぜ紛《まぎ》れこんでいるのか。

その理由は、魔法帝から渡された一枚の指令書にあるらしい。

「でも、本当に急な話ですよね。『金色の夜明け』団に、一日体験入団をしなさい、だなんて……どういう意図《いと》があっての指令なのでしょう？」

休憩所でもらってきたお茶をアスタに渡しながら、ミモザは疑問を口にした。

「オレもそのへんはあんまり詳《くわ》しく知らねえ。魔法帝からそういう指示があったらしくて、今日の朝、起きた瞬間にヤミ団長から行けって言われただけだからさ。おかげで財布《さいふ》も持ってこられなかったよ」

地べたに座りながらお茶を受けとり、アスタはなんともあっけらかんと答える。

アスタたちが今いるこの場所は、会場の一番端《はし》っこだ。

アスタがコロッセウムの中心で叫んだものだから、さすがに周囲の視線を集めすぎてしまったため、クラウスに引きずられるような形でこの場所まで来たのだった。

「今日の朝、か。まあ、我々も君の案内係を命じられたのはそれくらいの時間だったのだが……なんというか、本当に急な話だな」

そのクラウスは、偏頭痛《へんずつう》でも覚えたようにこめかみを擦《さす》りながら、アスタの横でお茶をすすっていた。

一日体験入団をするアスタの案内係をせよ、という指令を、ミモザとクラウスが仰《おお》せつかったのは、本当に数十分前のことだ。

しかも、指令をしてきた人物は『金色の夜明け』団長、ウィリアム・ヴァンジャンス。団長直々《じきじき》の登場と、その団長に命じられた風変《ふうが》わりな任務とで、朝からいろんな意味で困惑《こんわく》していた。

「……もう少し、心の準備をする時間が欲しかったな」

「いや、オレは全然大丈夫だったけど！」

「我々が、だ」

ついでに、頭痛薬と胃薬を買う時間も欲しかった。

そんなことも思ったが、ともかく、

「まあ……ゴタゴタしていて言うのが遅くなったが、よく来たな、アスタ。歓迎するぞ！」

「私《わたくし》も、アスタさんと久々にお会いできて嬉しいですわ！　たくさんおしゃべりしましょう！」

それは、クラウスとミモザの紛《まぎ》れもない本音だった。

アスタとふたりが会うのは、王都《おうと》での戦功叙勲式《せんこうじょくんしき》以来だ。

それ以降、アスタはネアンの町付近の洞窟で『白夜《びゃくや》の魔眼《まがん》』と交戦したり、騎士団本部で『紫苑《しおん》の鯱《しゃち》』団長、ゲルドル・ポイゾットの裏切りを暴《あば》いたりと、いろんな意味でとんでもない任務に関《かか》わり、多忙な日々を過ごしていたらしい。今日はたまたま時間が空《あ》いたものの、明日からはもうラクエの砂浜で任務についてしまうとのことだ。

彼ほどではないにしろ、クラウスとミモザも日々の業務に追われ、なかなかプライベートで交流する時間は作れずにいた。

形はどうあれ、こうして再会できたことが、素直に嬉しかったのだ。

「おうっ！　へへ、オレも、ふたりとまたこうやって話できて、めっちゃ嬉しいよ！」

それはアスタも同意見だったようで、いつもの調子で大きく笑ってくれた。

「そうか……では、嬉しいついでに、これも羽織《はお》ってくれると助かるのだが……」

その和気あいあいとした雰囲気に便乗して、クラウスは先ほどから小脇《こわき》に抱《かか》えているものをアスタに差し出した。

アスタが体験入団をする際に臨時で支給された、『金色の夜明け』団の白いローブだ。

『金色の夜明け』団員がひしめき合うなか、さすがに黒いローブでは浮いてしまうとのことで、アスタに着させるようにヴァンジャンスより命じられたのだが……。

「だから、それは嫌《いや》だって！　オレ『黒の暴牛』の団員なんだからさ！」

先ほどから何回促《うなが》しても、彼はこのようにきっぱりと突っぱねるのだった。

「いや、それはわかっているのだが……その格好《かっこう》だと、行く先々で浮いてしまうぞ？　まあ、このローブを着ていても浮くには浮くのだが、それでもある程度は紛《まぎ》れこむことができる」

「……それは、そうかもだけど……うーん。なんつーか、ポッと入ってきたオレが、ここのローブ着させてもらうのって、なんか違う気がするんだよなあ」

言いつつ、自分の黒いローブをつまんだ。

ところどころが汚れ、擦《こす》れ、何度も縫《ぬ》い直《なお》した跡《あと》のある、そのローブを。

「オレだってこのローブが着られることになったとき、死ぬほど嬉しかったんだ。それはもちろん、ここの団の人たちだって一緒なわけだろ？　だから体験入団とはいえ、オレなんかが同じローブ着てたら、ここの人たちだってあんまりいい気しないって思うんだよなあ」

言ってから、アスタはいつもの調子でニカッと笑って、

「だから、オレはこのままでいいよ。ちょっと注目されることになったとしても、『黒の暴

牛』の団員として、ここに居させてもらう！」

「……そうか」

その言葉に、クラウスは自然と笑顔になりながら頷《うなず》いていた。

たった一日の体験入団で、そこまで深く考える必要はないだろう。このローブを羽織るのだって、今日一日ここにいるための許可証のようなものなのだ。

しかし、そんな些細《ささい》なことでも真面目《まじめ》に捉え、自分の信念と照らし合わせて、違うと思ったら違うと言う。

違う騎士団の中に入っても、きちんと自分の信念を貫《つらぬ》くのが、このアスタという男なのだ。

それがわかっているクラウスには、それ以上なにも言うことができなかった。

「そういうことなら好きにしろ。私は命令どおり、オマエに渡しておくからな」

「へへ、了解っ！」

折りたたんだローブを小脇に挟むと、アスタは気を取り直したように周囲を見回して、

「あ、そうだ！　ユノは!?　あのスカシ野郎はどこにいるんだよ!?」

ユノとはアスタの幼馴染《おさななじみ》にして、四《よ》つ葉《ば》の魔導書《グリモワール》の使い手だ。

アスタと同郷――最果《さいは》ての村・ハージの出身であるにもかかわらず、実力で『金色の夜明け』団への入団を勝ちとった、凄腕《すごうで》の風魔法《かぜまほう》使いだった。

そしてアスタとは、魔法帝の座を争うライバル的な存在でもある。

久々に彼と会えるのではないかと、アスタは密《ひそ》かに楽しみに思っていたのだが、どういうわけかミモザとクラウスは渋い顔をして、

「私もふたりを引き合わせようと思ったのだが、ユノも体験入団の任務で、先ほど他の騎士団に行ってしまったのだ。ちょうどオマエと入れ替わりのようなタイミングでな」

「あ、そうなのかよ……」

アスタはちょっとだけシュンとした。久々に手合わせしたかったのに。

「じゃあ、あいつはどこの騎士団に行ったんだ？」

「なんだ、聞いていないのか？　ユノが行った先は……」

と、クラウスがいたずらっぽく笑い、返答をしようとしたとき、

「……おい、見ろよ。クラウスのやつ。下民なんかと楽しげに話してるぜ。ったく。『金色の夜明け』団の団員として、恥ずかしくないのかねぇ？」

アスタたちを遠巻きに見ていた団員たちが、そんなことを言うのが聞こえてきた。

「マジか。下民の相手させられてかわいそうだって思ってたけど……本人たちも意外と乗り気かよ」

「クラウスかぁ。仕事早いし魔法もそこそこだって思ってたけど……この前の魔宮《ダンジョン》探索でも遺物を持ち帰れなかったらしいし、出世コースからは外《はず》れたな」

「!!」

アスタはすかさずその三人組を睨《にら》みつけるが、彼らはニヤニヤしながらどこかへ行ってしまった。

「……アスタ、かまうな。ああいう連中は、なにをやったってなにかしら言ってくるのだ。いちいち気にしていたらキリがないぞ」

クラウスはそう言ってくれたが、アスタはなんとも気まずい気分で頭を掻《か》いて、

「……いや、でも、ホンット今さらだけど、ごめんな。さっきもテンションあがって、デケエ声で叫んじゃったし、ローブ着たくないってわがまま言っちゃってるし……ふたりまで変な目で見られちゃうよな、これ」

ここに来てからというもの、アスタには嫌というほど奇異な視線が向けられているのだが、そのうちの何割かは、クラウスやミモザに対してのものも含まれているのだ。

そんな下民と一緒にいて、恥ずかしくないのか、という視線だ。

アスタは変な目で見られるのは慣れっこだ。しかし、ミモザやクラウスまで巻きこんでしまうことに、なんともいえない居心地の悪さを感じていたのだが……。

「だから、なにを言っているのだ！　オマエらしくもない！」

ガシッ！　と、アスタと肩を組みながら、クラウスは大きく笑った。

「魔宮《ダンジョン》攻略任務のときも言っただろう。オマエはこのクローバー王国の誇り高き騎士団員なのだ。騎士団の仲間と一緒にいて、恥ずかしいことなどあるものか！」

「お、おう……」

先輩魔道士の柄にもないスキンシップに、アスタが目をぱちぱちさせていると、クラウスはさらに言葉をつけ足《た》すようにして、

「まして、今回は魔法帝直属の任務でオマエはここにいる。それをおかしな目で見るほうがどうかしているのだ。堂々としていろ、堂々と！」

なんてことを、遠巻きにアスタを見ている団員たちに聞こえるように言う。

彼らが舌打ちをしたり、嫌そうな顔をしたりすると、ミモザもほっぺたを膨《ふく》らませながら、

「そ、そうですよ、アスタさん！　私たちはヴァンジャンス団長から案内係を頼まれているんです！　だから、私たちに意地悪言うのは、団長にも意地悪を言うってことなんです！」

「………」

持ち前の『天然で鋭いことを言う』というスキルを発動させたため、彼らは完全にアスタたちの周囲から散っていった。

「ふたりとも……！」

人の目など気にしない、と。

自分たちは自分たちの考えで動く、と。

そういった意味合いもこめての力強い言葉と、柄にもないふたりの行動に、アスタは思わずジワリときてしまった。

「……そう、だな。へへ、そうだよな！　悪《わり》ぃ！　確かにオレ、オレらしくなかったよ！　よっしゃぁぁァァァッ！　今日はめっちゃ見学させてもらうんで、改めてよろしくなっ！」

ふたりの思いを汲《く》んだアスタは、元気よくクラウスと肩を組んだ。

この好意を無駄《むだ》にしないよう、今日は思う存分《ぞんぶん》、このトップランカーの訓練を見させてもらうことにしよう。

……と、思った、その矢先、

「……おい、見ろよ。クラウスのやつ、下民と肩なんて組んでるぜ」

「マジか。いや、下民うんぬんじゃなくて……男同士があの距離で密着してるって……完全にそういうアレじゃねえかよ」

「クラウスかぁ。顔からしてそっちの人じゃないかって思ってたけど……いよいよだな」

「…………」

さっきの三人組が、遠巻きにそんなことを言っているのが聞こえてきて、クラウスはそっとアスタから離れた。

それを聞いていたらしいミモザは、顔を真《ま》っ青《さお》にしてガタガタ震えだして、

「ク、クラウスさん……魔宮《ダンジョン》探索任務の後にも、ユノさんとアスタさんに抱きついてましたけど……もしかして、本当に……⁉」

「違う！　なぜオマエはこういうときだけ想像力が豊かなのだ⁉」

「ちょ、なんで離れちゃうんだよ、クラウス！　オレたちの友情を見せつけてやろうぜ！」

「オマエはオマエでなぜ察しが悪い⁉　察せ！　友情じゃないものに見られている可能性があるのだ！」

そんなやりとりを大声でしているうちに、また人が集まってきてしまったので、結局、三人はその場所から離れた。


——そして。


「……っち。クラウスの野郎、いっちょ前の口きいてくれるじゃねえか」

先ほど、アスタらを遠巻きに見ていた三人組——そのリーダー格の男・グリスは、アスタたちの背中に向けてそんな悪態をついていた。

「ホントだよ。戦功叙勲式に呼ばれたくらいで調子に乗りやがって」

「魔法帝とも直々《じきじき》に話したらしいぜ。それで認められた気にでもなってるんだろーよ」

もっとも彼らは三人とも、戦功叙勲式に呼ばれたこともなければ、魔法帝と話をしたこともない。それがかえって、彼らの先輩団員としてのプライドを逆《さか》なでする材料となっていた。

「まあ、一番調子に乗ってるヤツで言えば……あの、アスタとかいう下民のガキだけどな」

敵意や偏見、そしてコンプレックスなど、さまざまな負の感情で満ちた視線で、グリスはアスタの背中を睨《にら》み据《す》えた。

我々『金色の夜明け』の団員を差し置いて、戦功叙勲式で臨時の等級を授与された下民。

下民のくせに、我々エリートの領域へと土足で入ってきた、礼儀知らずの底辺騎士団員。

そろそろ誰かが、その鼻《はな》っ柱《ぱしら》をへし折らなければならない。

そろそろ誰かが、身のほどというものを思い出させてやらねばならない。

そう――誰かが。

「……ちょうどいい。暇してるとこだったし、クラウスも含めて、ちょっと遊んでやるか」

嗜虐的《しぎゃくてき》に笑《え》みながら、グリスたちはアスタらの後についていったのだった。

「……そういえば、ミモザも舐《な》めた口きいてくれたよな？」

取り巻きのひとりが言ったその言葉に、グリスは一瞬足を止めて、

「いや、でも、ミモザは……べつに、いいんじゃね？」

「うん、そうだな。ミモザは……なあ？」

「……だな。いいよな。かわいいしな」

そんな会話をしてから、再び歩を進めていった。


「……ここが、基礎的な魔法訓練の場所だ」

「おおっ！　すげえ！」

クラウスとミモザに連れてこられたその一角で、アスタは目をキラキラさせながら叫んで

いた。

この区画はほかの場所とは違い、戦闘演習をしている団員たちはいない。しかしクラウスの言葉どおり、魔法で作った石板《せきばん》を砕《くだ》いたり、飛んでいる羊皮紙《ようひし》を打ち落とすなど、基礎的な魔法の演習をしている者たちであふれかえっていた。

「って、この演習って、もしかして……？」

どこかで見たことがある光景に、アスタが軽く首を傾《かし》げると、クラウスは頷いて、

「ああ、ここでしている演習は、例年魔法騎士団の採用試験で使われているものと同じだ」

「……やっぱり」

あのときの苦《にが》い思い出を振り返りながら、アスタは失笑した。

魔力がないアスタにとって、あれは本当に地獄の時間だった。実戦形式での最終試験がなければ、そして、審査員にヤミがいなければ、自分は魔法騎士団員になれてはいなかっただろう。

そんなふうに苦笑いをしていると、ミモザが控えめに挙手をして、

「あの、単純な興味で聞かせていただくのですけれど、『黒の暴牛』の皆さんは、ふだんどういった訓練をされていらっしゃるのですか？」

「オレたちか？　オレたちは、そーだなー……」

ミモザの質問に、アスタが昨日《きのう》のみんなの様子を思い出してみると……。

・朝ご飯を食べる。
・なんとなく共有スペースに集まって、ダラダラしながらみんなでおしゃべりする。
・昼ご飯を食べる。
・再び共有スペースに集まって、カードゲームとかでみんなで遊ぶ。
・希望者はおやつを食べる。
・腹ごなしの運動で散歩する（アスタが行くというとなぜかノエルもついてくる）。
・野生のリスを見つけたので、おやつの残りをふたりであげる。
・晩ご飯を食べる。
・年長者はお酒を飲み始め、年少組はカードゲームの続きをする。
・寝る。

「…………」

回想を終えてから、アスタは三秒ほど黙りこんで、

「……仲良くなるための、その……そういうヤツを、うん……してる」

「なるほどですわね。だから皆さん、素晴らしい協調性をお持ちなのですね！」

「……えはっ」

アスタは、ふだんあまりそういうことはしないのだが、愛想笑《あいそわら》いをした。

「協調性を高める訓練もいいが、こうした基礎練習で初心を取り戻すのも大事だぞ。どうだ、アスタ？　なにかやってみるか？」

クラウスは笑いながらそう提案するが、アスタは軽く頭を掻《か》きながら、

「……いやあ、オレは、魔力ねえし」

トラウマもあるし……なんて思って、首を横に振ろうとしたのだが、

「この中のどれかで、私と勝負してみないか？」

「……え？」

アスタは思わず顔を上げる。クラウスは相変わらず、薄く笑いながらアスタを見ていた。

「負けたほうは……そうだな。なんでもいいのだが、今日の体験入団が終わった後、勝ったほうにご飯をおごる、というのでどうだ？　ミモザの分もな」

「いや、そこじゃなくて……えーっと、なんでクラウスとオレが、勝負しなくちゃいけねえんだ？」

ユノとアスタのようにライバル関係であるならまだしも、クラウスとはこれといった因縁《いんねん》はない。軽いゲームにしたって、唐突《とうとつ》すぎる提案のような気がしたのだ。

「いや、まあ、それを聞かれると困るというか、深い理由はないのだが……」

クラウスは黒縁眼鏡を押しあげながら、言葉を探すようにして、

「私は今まで、階級や身分だけで人のことを判断し、その性格や実力、積みあげてきた努力などは、理解しようとすらしなかった……そのせいで、魔宮《ダンジョン》攻略任務のときは、オマエやユノにだいぶ失礼なことを言ってしまったな」

うん。ぶっちゃけあのときのクラウスは嫌いだった。いけ好かないメガネだった。

……なんてことを、アスタは言うことができなかった。

なぜならそれは、この世界に生きる者たちにとって、半《なか》ば常識のような考え方だからだ。

ましてここは、魔力格差社会のピラミッドの頂点に立っている者たちが集う場所——出自《しゅつじ》や階級がすべて、というその考えが、もっとも凝《こ》り固《かた》まっている場所だ。

ミモザやクラウスのように、差別をしない人のほうが圧倒的に少数派なのだ。

「しかしオマエやユノのおかげで、そういった偏見を捨てることができたつもりだ。身分や階級ではなく、きちんとその人と、個人と向き合う姿勢を学んだのだ」

クラウスは誇らしげに笑いながら、

「だから、改めてオマエという個人の実力を、勝負を通して肌で感じたいと思ったのだが

……ダメか？」

「……おう」

呆然《ぼうぜん》と返事をしてから、アスタはいつもの調子で笑った。

「わかった！　へへ、そういうことならそのケンカ、めっちゃ買わせてもらうぜ！」

「おう、ありがとう！」

コツン、と、クラウスと拳《こぶし》をぶつけながら、アスタは改めて思う。

このクラウスという先輩は、真面目すぎるだけで、決して悪い人間ではないのだ、と。

「……ん？　でもオレ魔力ないのに、どうやってこの演習で勝負すりゃいいんだ!?」

大事なことに気づいたアスタだったが、逆にクラウスは首を傾《かし》げて、

「なにを言っているのだ？　入団試験のときのように、無理に魔力を使う必要はないのだぞ？」

「………？」

彼がなにを言っているのかわからなかったが、一瞬遅れて、

「……ああ、なるほど！」

手を打ちつつ、アスタはニヤリと笑った。


「……ん？　なにやってんだ、あいつら？」

アスタたちをつけてきたグリス一行は、基礎演習場に着くのと同時に首を傾げた。

「準備はいいか!?　先に石板を砕いたほうが勝ち、だぞ!?」

「ばっちこいィイイッ！　じゃあミモザ、開始の合図《あいず》頼んだぜ！」

「は、はい！　頑張《がんば》ります！」

演習場の一角にて、アスタたちはそんな会話をしていたのだ。

彼らがいるあの場所は、石板を魔力弾《まりょくだん》などで叩《たた》き割《わ》る演習——通称『石板砕き』の区画《くかく》だ。

アスタとクラウスは並んで立っていて、その五メートルほど前方には、それぞれ一枚の石板が置かれている。

そしてその石板から少し離れたところでは、ミモザが両手の拳を握りながら、『用意……ス、スタート……いえ、ドン、かしら？』なんて言いながら謎《なぞ》の練習をしていた。かわいい。じゃなくて。

「なんだよ、アイツ？　魔力もねえくせに、基礎演習なんてできるのか？」

アスタに魔力がないというのは周知の事実だ。魔法騎士団の入団試験でも、さんざんな結果だったと聞いている。

にもかかわらず、また同じことをしようとしているその様子に、三人の口元には嘲笑《ちょうしょう》が浮かんだ。

「まあ、あれじゃね？　体験入団してなんもしねえんじゃアレだから、一応ポーズだけでも、ってことじゃね？」

「それっぽいな……なんだよ、なんかしてやろうと思ったけど、勝手に恥かいてるじゃねえか、アイツ」

そんなふうにせせら笑いながら、三人はアスタらに向かって歩いていった。

少しでも彼がおかしなことをしたら、盛大に笑い倒す。

ものすごくみみっちい嫌がらせな気がしなくもないが、それはともかく。

三人はそのスタンバイをしながら、アスタらの後ろにつき——。

「……えっと、えーっと、よ、よーい、スタ……あの……ドンッ！」

ミモザの合図によって、双方は勢いよく魔導書《グリモワール》を開いた。

「鋼創成魔法《はがねそうせいまほう》〝旋貫《せんかん》の激槍《げきそう》〟」

クラウスが吠《ほ》えると、彼の足元から鋼の槍《やり》が生まれ出る。

ドリルのような突端《とったん》を高速回転させながら、槍は凄《すさ》まじい速さで石板に向けて射出《しゃしゅつ》されていった。

「うおお……なんだよクラウス。容赦《ようしゃ》ねえな」

「ああ、アイツもあの下民に恥かかせる気……ん？」

そのアスタの様子を窺《うかが》い見たとき、グリスは軽く目を剝《む》いた。

魔導書《グリモワール》から黒い大剣を引き抜いた彼は、柄《つか》を力強く握《にぎ》ると、

「オラアアァァァアッ！」

そのまま、的《まと》に向けて思いきりぶん投げた。

「「はあああああっ!?」」

と、グリスたちが驚きの声をあげるのと同時、クラウスとアスタの前にあった石板は、

粉々に砕け散ったのだった。

　確かに彼は、予想どおりにおかしなことをした。

　したのだが……。

「……お、おい、どうした、オマエら？　わ、笑えよ！」

「いや、笑うったって……」

「……あれ、下手《へた》な魔法より威力あるんじゃね？」

　あの重そうな大剣を投擲《とうてき》するというだけですごいし、それで石板を叩き割るのはもっとすごい。その様子を見ていた団員たちも静まり返り、とても笑える雰囲気ではなかったのだ。

「ミモザ!?　どっちが先だった!?」

　そんなことはおかまいなしとばかりに、アスタは大声でミモザに結果を訊《たず》ねる。

　彼女はしばし、難しい顔で砕けた石板を睨《にら》んでいたのだが、

「……すみません！　まばたきをしていて、見ていませんでした！」

「オイッ！」

　アスタがそうつっこみ、一同も同じことを思った。もうちょっと頑張れよ、と。

「す、すみません！　でもアスタさん、知らないのですか!?　目って、まばたきをしないと乾燥してしまいますのよ!?」

「いや、バカにしてんのか!?　知ってるよ！　知ったうえでオイっつってんだよ！　なに保《ほ》

湿《しっ》のほうを優先させちゃってんだよ⁉」

「ま、まあ、今のは確かに僅差《きんさ》だったな。引き分け、ということでいいだろう」

アスタとミモザのやりとりに待ったをかけつつ、クラウスは苦笑して、

「では、次の勝負といこうじゃないか」


次の勝負に選んだ演習は、通称『紙破り』。

的《まと》を描《か》いた羊皮紙を複数枚飛ばし、それを魔力弾などで撃ち抜いていく、といった演習だ。

羊皮紙は操作魔法によって縦横無尽《じゅうおうむじん》に動き回るので、なかなか的の中心を捉《とら》えるのは難しいのだが、

「では、よーい、ス……ド……えーっと、スタ……ドンッ！」

ここでもアスタは、グリスたちの——というか、それを見ていた一同の度肝《どぎも》を抜いた。

「オラアアアッ！」

彼はジャンプして羊皮紙の高さまで飛びあがると、的の中心を大剣で刺し貫《つらぬ》き、次々と落としていく。先ほど以上の力業《ちからわざ》に、再び一同の視線が集まったのだった。

が、やはり本人たちは、そんなことは気になっていない様子で、

「……すみません！　どっちが多く撃ち落としたか、途中から数えていませんでした！」

「オイッ！」

「す、すみません……でもアスタさん⁉　びっくりしないで聞いてほしいのですけど、私の指、左右を合わせても十本しかありませんの！」

「オマエの頭の中身にびっくりだよ！　なにオマエ、なんでさっきから自分の身体を使いこなせてねえの⁉　誰かから借りてきたヤツ、それ⁉」

「ま、まあ、だいたい同じ数だったと思うし、引き分けで……」

そんなふうにクラウスが仲裁《ちゅうさい》をした後、次なる勝負の場へと移っていった。


「……なあ、グリス、もういいよ。俺らも演習戻ろうぜ」

その後もアスタは、型破りな方法で次々と演習をクリア（？）していった。

その様子を食い入るように見ているグリスに、取り巻きのひとりが諦観気味《ていかんぎみ》に声をかける。

「なんか人の目が集まっちゃってるしさぁ。もうちょっかいなんてかけられねえよ」

あれだけ派手に立ち回っていれば、当たり前と言えば当たり前だろう。あからさまではないにしろ、もはや基礎演習の区画にいる者たちのほとんどが、アスタらの演習を見ていた。

もっともそのほとんどは『なんと野蛮《やばん》な……』や『魔道士の戦い方とは思えん』などの、侮蔑《ぶべつ》やあざけりを孕《はら》んだ視線だ。それがすべてではないにしろ、肯定的《こうていてき》な目で見ている者はいないだろう。

ただ、肯定するかどうかは別として、ほとんどの者が共通して思っていることは、ある。

アスタと戦うとしたら、相当厄介《やっかい》な相手となる、ということだ。

当たり前の話だが、魔道士の攻撃手段は魔法のみだ。しかし、アスタの魔導書《グリモワール》から生まれる大剣はそれを無効化し、かつ彼自身が無尽蔵《むじんぞう》のような体力で攻め続けてくるのだ。ほとんどの魔道士にとって、彼は天敵に近いような存在に違いない。

なぜ、魔力のない下民の少年が、三等下級魔法騎士という称号を授与され、そのほかの任務でも多大な貢献を示し続けているのか。

非常に不本意ながら、一同はその意味を理解しはじめているのだった。

「これ以上見てたってしょうがねえし、な？　戻ろうぜ？」

「だな。ミモザもかわいかったし、もういいよ」

そしてグリスたちも、アスタの厄介さを痛感しはじめている。これ以上関わったって、ロクなことにはならないだろう。

そう思い、取り巻きのひとりがグリスの肩に手を置いたのだが、

「……なんで、だよ」

恐ろしく低い声で、グリスはつぶやくように吐き捨てた。

「なんであんなぽっと出の、なんの苦労もしてねえような下民が……たまたますげえ魔導書《グリモワール》をもらったってだけで、魔法騎士団に入って……上からも評価されてんだよ」

「……おい、グリス？」

取り巻きの心配するような声も耳に入らず、グリスは呪詛《じゅそ》のように言葉を絞《しぼ》り出《だ》していく。

その声は、怒りや憎しみというよりは、悲しみに満ちているように思えた。

「オレがしてきた苦労は、なんだったんだよ……⁉」

震える声でグリスが言った、そのとき、

『——緊急通達、緊急通達。演習中の総員に告ぐ。ダイヤモンド王国が、我が国の領空《りょうくう》及び領地を侵犯《しんぱん》した模様』

「‼」

ヴァンジャンスの側近《そっきん》、アレクドラ・サンドラーの声が、拡声魔法によって会場全体に響き渡った。

『現在、複数の敵小隊がキテンの町付近に向けて飛来中。演習中の団員は現場に急行せよ。これは演習ではない、繰り返す、これは演習ではない』

「な、なんだよ、これ⁉　え、ダ、ダイヤモンド王国が、攻めてきたのか⁉」

いきなりアナウンスされた物騒《ぶっそう》な通達に、アスタはテンパりながらクラウスに訊ねた。

「そのようだな……」

キテンとは、かねてよりダイヤモンド王国との小競《こぜ》り合《あ》いをしている国境付近の町だ。敵の規模からして、今回もそこまで大規模な攻撃はしてこないだろうが……。

「まずいな……皆、演習で疲弊《ひへい》しているぞ」

演習が始まってからそんなに時間は経《た》っていない。が、任務明けの者もいるし、複数回の戦闘演習をして魔力が消耗《しょうもう》している者もいるだろう。

さらに、守るのはキテンの町だけではない。その近辺の村や、国の重要施設なども警備する必要があるので、戦力が大幅に分散されることになる。実際に敵の主戦力と戦闘を行うことになるのは、多く見積もっても十名前後だろう。

そのなかで万全の状態で戦えるものが、果たして何人いるだろうか。

「だったら、アレだな!!」

クラウスが煩悶《はんもん》していると、アスタがそれを断《た》ち切《き》るようにして言い放った。

そして、半《なか》ば放置気味に小脇に抱えていた、『金色の夜明け』団の白いローブに視線を落とすと、

「元気いっぱいで暴れまわって、助太刀《すけだち》するやつが必要だよなっ!?」

——おもむろに、そのローブを羽織《はお》ったのだった。

「……オマエ」

クラウスは思わずたじろいでしまった。

あれだけ着るのを拒《こば》んでいたローブを。

あれだけ拒絶されていた『金色の夜明け』団員たちを助太刀するために。

自分の信念を曲げて、アスタは自《みず》ら羽織ったのだ。

「今はオレも『金色の夜明け』の団員だ！　だったら行ったたって問題ねえってことだよな⁉」

「…………」

クラウスは、再び煩悶する。

確かに心意気は立派だ。しかし言っていることは屁理屈《へりくつ》でしかない。体験入団中とはいえ、正式な団員でないものを戦闘の場に駆り出すなど、常識的に考えてダメに決まっている。

そしてなにより、下民と一緒に任務につくなど、他の団員たちが許すはずがない。

アスタがこの場にいるだけでも、あれだけ嫌な顔をされたのだ。実際の任務にまで連れていくなどと言いだしたら、なにを言われるかわかったものではない。

やはり彼は、連れていくべきではない。

「バカか、オマエは……」

――と。

そんなふうに、今までのクラウスだったら考えていただろう。

「……問題など、あるわけがないだろう！　今すぐ現場に急行するぞっ‼」

「おう！」

確かに彼は正式な団員ではない。

だが、彼はこの任務において、間違いなく活躍できる力を秘めている。

周《まわ》りの者がなんと言おうと関係ない。彼は誇り高きクローバー王国の騎士団員なのだ。

仲間とともに任務について、恥ずかしいことなどあるものか。

それでも、もし、なにか問題が発生するようなことがあれば……。

「責任のすべては私がとる！　アスタッ！　オマエの力を、ここの連中に！　そしてダイヤモンド王国の連中に！　存分に見せつけてやるのだ！」

「おうっ!!!」

腹の底から返事をしたアスタだったが、それと同じくらい大きな声で、

「でも、オレ、箒乗《ほうき》れないんで、連れてってくれっ!!」

「…………」


「さぁ～て、今日も遊びにきましたよ……っと」

軽い調子でそう告げたのは、ダイヤモンド王国の軍人ロータス・フーモルトだ。

彼は煙魔法《けむりまほう》で作った空飛ぶ車〝奔走《ほんそう》する物臭車《ものぐさぐるま》〟に乗って、キテンの町を見下ろしていた。

町はすでに、クローバー王国の駐在騎士団が張った魔力障壁《しょうへき》によって、その全体を防護されている。その周りをダイヤモンド王国の小隊が囲み、障壁に向けて断続的な魔法攻撃をしかけている最中だった。

もっとも今回も、こちらの目的は威力偵察《いりょくていさつ》――敵との交戦を通して、勢力や個々の魔法の概要《がいよう》が把握《はあく》できればそれでよい。あとは適当なところできりあげて、帰ってから一番小さい娘とお風呂に入る。それが今日のロータスの予定だった。

「……ま、削《けず》れるところがあれば、削っちゃうけどね」

そんなふうにひとりごちたとき、胸元で通信用の魔導具《まどうぐ》が鳴った。

『通信兵よりロータス副将《ふくしょう》へ通達。クローバー王国王都より『金色の夜明け』団の出動を確認。あと数分でキテンの町付近へ到着するものと思われます』

「お、来たね来たねぇ、エース集団。まったく、毎度毎度動きだしも移動も早すぎて、オジサン嫌になっちゃうよ」

……まあ、いい。

削れるところは削る。それは、キテンの町の戦力というよりも、むしろ……。

「……りょ～かい。引き続き、なんかあったら教えてね～」

通信を切ってから、ロータスは眼下《がんか》の戦場へと視線を戻した。

「……さあ、僕の出番はあるかな～？」

「着いたぞ！　あそこがキテンの町だ！」

「よっしゃっ！　……って、めっちゃ攻撃されてるううウゥウッ!?」

「お、落ち着いてくださいアスタさん！　魔力障壁があるので、すぐには突破されません！」

箒にニケツするクラウスとアスタ。そのすぐ後ろを飛んでいるミモザ。

彼らを含む『金色の夜明け』団がキテン上空に到着したとき、すでにそこは戦場と化していた。

クラウスの見立てどおり、主戦場《こ》へと来られたのは十余名。他は近隣の村などを警備するために向かってしまった。

対する敵の軍勢は、ざっと見ただけでも十人編成の小隊が三つ……最低でも三十人。伏兵《ふくへい》や遊撃《ゆうげき》部隊も含めれば、四十人以上はいると見たほうがいいだろう。キテンの町にいる駐在騎士団のサポートがあるとはいえ、決して楽観できる戦力差ではない。

クラウスとミモザでゴリ押しして、なんとかアスタをこの場に連れてこられたはいいが、厳しい戦いになりそうだった。

そんなふうにクラウスが分析しているうちに、

「すぐには、って……じゃあ、いつかはやられちゃうってことだろ！　やっぱり、すぐ助けにいかねえと！」

そんなことを言いながら、アスタが箒から飛び降りようとし始めた。

「バカ！　単独行動なんてしたら、あっという間に狙い撃ちにされるぞ！」

慌《あわ》ててその首根っこをつかんで制止する。いくらアスタとはいえ、この人数に囲まれたらひとたまりもないだろう。

「こういうときは、集団で動いて各個撃破していくのが基本だ！　ひとりで無茶苦茶《むちゃくちゃ》するな！」

「だって、ホラ！　あの団員だって、ひとりでつっこんでんじゃねえか！」

「ウソをつけ！　ここの団員に、そんな無茶をする者がいるわけ……⁉」

アスタが指さすほうを見て、クラウスは思わず言葉を止めた。

彼の言うとおり、たったひとりで敵小隊に向かっていく団員の姿を確認したからだ。

その団員の名前は……。

「……グリス、先輩？」


「おい……バカッ‼　なにやってんだよグリス！　戻ってこい⁉」

取り巻きの制止を振りきって、グリスは隊列から離れ、単身で敵小隊に向けてつっこんでいった。

「……炎創成魔法《ほのおそうせいまほう》〝炎熱の暗君《ジエネラル・ブレイズ》〟‼」

グリスが勢いよく片手を突き出すと、手のひらから人の形をした炎が生じ、それが小隊に向けて一直線に伸びていく。

が、小隊は素早《すばや》く散開《さんかい》してそれを回避。即座に迎撃態勢をとると、グリスに向けて魔法攻撃を開始した。

「うおおおおおォォォッ!!」

そのすべてを強引《ごういん》に避《よ》け、小隊へと近接。至近距離で再び同じ魔法を放つ。今度は小隊のひとりを捉えたが、グリス自身は四方を囲まれる形となってしまった。

かまうものかと、グリスは思う。しかし、べつにヤケを起こしているわけではない。

多少の無茶をしなければ、この騎士団では手柄が——星が与えられないのだ。

隊長格の団員の指示どおりに動いて勝利したとしても、結局はその団員の手柄となってしまう。与えられた指示を確実にこなしていく、というのも、評価を上げるための大事な要件だが、それだと時間がかかりすぎる。

グリスは、いますぐ自分の力を正当に認めてほしい。

そしてアスタより——あの下民よりも、自分のほうが優れていることを証明したい。

あんな能天気《のうてんき》な下民が手柄をあげているのに、その何倍ものプレッシャーを受け、努力を重ね、我慢を続けてきた自分が、なんの評価もされていないのは、どう考えたって理不尽《りふじん》だ。

そんなことがまかり通るのなら、今まで自分がしてきた苦労は、いったい……!?

「……っく!」

よけいなことへと思考を割《さ》いていたため、魔力攻撃が頬《ほお》をかすめる。すぐに箒を操作して体勢を立て直し、四方へと注意を配った。

敵はこの小隊だけではない。こんな無茶な戦闘を続けていたら、他の小隊や遊撃隊にも目をつけられ、格好の的となってしまうだろう。

「……望むところだよ、バカヤロウ」

頬を伝う血をぬぐうと、グリスは獰猛《どうもう》に笑った。

どんなことをされたって、何人を相手にすることになったって、耐えきってみせる。

耐えられないのは、あの下民より評価が――等級が下だという、この現状だ。

それを覆《くつがえ》す、そのためだったら、

「まとめてかかってこいやぁっ⁉」

そんなふうにグリスが啖呵《たんか》をきった、そのとき――。

「うん、いいねいいね～。そうやって功《こう》を焦《あせ》る若者、待ってたよォ～」

「‼」

彼の耳元で、軽い調子の声が、した。

一時的に透明になれる魔法――〝隠者《いんじゃ》の濃煙《のうえん》〟にて、グリスへと肉薄したのは、ロータス。

「はい、じゃあ、ちょっと痛くする……よっ！」

彼はグリスの背中めがけて、ほぼゼロ距離で魔力弾を叩きこんだ。

「……っがぁ!!」

グリスは振り向くことすらできず、箒ごと地面に叩きつけられる。

「ごめんね～。おじさんもあんまりこういうの好きじゃないんだけど、上から命令されちゃうと、妻子持《さいし》ちの中間管理職って断《ことわ》れないんだよね～」

言葉とは裏腹に、ロータスはすかさずグリスの後を追い、とどめをさすべく魔力弾を生成した。

ダイヤモンド王国は、近いうちにキテンの町への大規模攻撃を予定している。その前に、可能な限り戦力を削っておくというのも、ロータスに与えられた任務なのだ。

とくに、優秀な人材の多い『金色の夜明け』団員は、ひとり削るだけでもこちらの士気が大きく上がるし、キテンの駐在騎士団へのプレッシャーにもなる。

つまり、単身で無茶をしてくれたグリスは、ロータスにとって格好の餌食《えじき》だったのだ。

「ってわけだから、恨《うら》みはないんだけど、サクっとやられちゃってね」

最後まで軽薄な口調で言いながら、ロータスはグリスに向けて魔力弾を放った。

――が、

「どるぁあああああァァァァッ！」

それがグリスの身体に届く前に、獣《けもの》みたいな大声が響き渡って。

それと同時に、上空から落っこちてきた黒い影が、ものすごい速さで彼に駆け寄った。

そして、

「また会ったな、煙のおっさんんんんっ!!」

疾風《しっぷう》みたいな勢いでやってきたその人物は、ロータスの放った魔力弾を、大剣のフルスウィングで打ち返したのだった。

「……ええええええ〰〰〰〰〰〰〰〰〰〰……」

ものすごくテンションを下げながら、ロータスは低くうなる。

「……なんでまたいるかなあ……君、『金色の夜明け』じゃないはずだよね?」

「うるせえ！　オレがどこにいようと、オレの勝手だろうが！」

ロータスのボヤキに、相変わらずのハイテンションで応じるアスタ。

ダイヤモンド王国のワイルドカード・魔導戦士のマルスと互角以上の勝負を繰り広げた、あの少年だった。

そして、さらに、

「大丈夫ですか、グリス先輩!?　……おい、ミモザ、早く治療を！」

アスタの後を追うように、箒に乗ってやってきたのは、鋼魔法使いの男・クラウス。

「あ、でも思ったよりひどくないです！　魔力でガードしていたみたい……とにかく──植物《しょく》物回復魔法《ぶつかいふくまほう》〝姫癒《ひめゆ》の花衣《はなごろも》〟!!」

その後についてきて、早々にグリスへ回復魔法を発動したのは、植物魔法使いの女の子・

ミモザ。

魔宮《ダンジョン》探索のとき、さんざんダイヤモンド王国の団員を苦しめてくれた三人が、再びロータスの前に立ちはだかったのだった。

「……いたいけな中間管理職に、あんまりストレス与えないでよ～」

「こっちのほうがストレスだわ！　毎度毎度うちの領地で好き勝手しやがって！」

言いつつ、アスタはロータスに向けて突進する。この前の魔宮《ダンジョン》探索のときのように、煙魔法で翻弄《ほんろう》されたら厄介だ。できれば魔法を放つ前に仕留《しと》めたい。

「いやいや、更年期《こうねんき》のストレス舐《な》めないでってば。すぅ～ぐ体調不良につながるんだから」

そんなアスタの思惑を察したように、ロータスはそう言いながら、大きく後退して大剣の一撃を避ける。

そしてなにかを確認するように、上空を仰ぎ見てから、

「……ま、いいや。胃に穴が空《あ》く前に、逃げちゃお～っと」

そのまま煙の車を作ると、宣言どおりにさっさと逃げ去ってしまった。

「あ、おい！　……っとぉ!?」

アスタは彼の後を追おうとするが、その前に複数方向から魔法攻撃がやってきて、慌てて大剣で打ち返す。

見れば、アスタらの上空には小隊のひとつがやってきていて、こちらに向けて集中砲火《ほうか》を

開始したところだった。

「うおおおォォォ⁉　ク、クラウス！　なんか、めっちゃ狙われてんだけど⁉」

片《かた》っ端《ぱし》から魔法を打ち返しながら訊ねると、クラウスも鋼創成魔法《はがねそうせいまほう》〝鋼城《こうじよう》の鎧壁《がいへき》〟で鋼の盾《たて》を生成《せいせい》しながら、

「だから言っただろう⁉　単独行動なんてしたらこうなると！」

「ほ、本隊は⁉　上の人たちはなにしてんだよ⁉」

「我々が抜けたせいで陣形《じんけい》が崩《くず》れ、それを立て直している隙《すき》に敵に攻撃されているようだ！　すぐにはこちらの助けには入れないだろう！」

それって、つまり……。

「めちゃくちゃヤベェじゃねえか⁉」

「今頃気づいたか！」

しかも今回は、『奈落《ならく》のロータス』までいるのだ。いまは姿を消しているが、件《くだん》の煙弱体化魔法などを使われたら、相当厄介なことになるだろう。

「というかなぜ、グリス先輩はこんな無茶を……⁉」

クラウスは心の声がつい口に出てしまう。ふだんはしたたかなこの先輩団員は、なぜこのような窮状《きゆうじよう》を作り出してしまったのだろうか。

「……よけいなこと、すん……な。オレは、まだやれる……‼」

クラウスの苦言《くげん》が聞こえたわけではないだろうが、グリスはか細い声でそう言うと、細かく震えながら上半身を起こした。

「ま、まだ動いちゃダメです！　とっさに魔力でガードしたようですが、おそらく、背骨《せぼね》か肋骨《ろっこつ》にヒビが……」

「うるせえ……っつってんだろ！」

ミモザを押しのけて、グリスは激痛をこらえて立ちあがった。そして魔導書《グリモワール》を開き、上空の敵小隊に向けて手をかざし始めた。

「ちょ、アンタ！　なんでそんなムキになってるか知らないっすけど、そんな言い方……」

「……うる、せえ、下民！　もとはといえば、テメエのせいだろうが！」

骨にヒビが入っているとしたら、しゃべることはおろか、息をするだけでも、相当痛いはずだ。

それでもグリスは、大声でアスタに言っていた。

「なん、だよ……なんなんだよ、テメエ！　あの下民も……ユノもだけど、たまたま強《つえ》え魔導書《グリモワール》を授かっただけのヤツが、なんでオレらと肩並べてんだよ⁉」

──今までの思いを吐き出すように、言っていた。

「こっちはなあ、ガキの頃から吐くほど訓練して、死ぬほど親からプレッシャーかけられて、ぶっ叩かれて、苦労して苦労して苦労して、やっとの思いでここに入れたんだよ！　そういう思いをしたヤツしか、入っちゃいけえねえ場所なんだよ！」

生まれながらの天才や秀才は、努力をバカにする。

そんなことをしなくても、感覚やセンスだけで魔法が扱えてしまうからだ。

そうでないグリスは、周りの『持って生まれたやつ』にバカにされながらも、必死で訓練をするしかなかった。

そんな思いをして手に入れたこの場所に、ろくに努力もしていない、なにかを持って生まれてもいない、たまたま強力な魔導書《グリモワール》を手に入れただけの者が紛《まぎ》れこんでいることが、我慢ならなかったのだ。

そんな者が自分より評価されていることが、我慢ならなかったのだ。

「出ていけよ、下民！　ここはテメエがいていい場所じゃあ……」

「うるせえバカ！」

「うるせえバカ⁉」

まああの熱弁を繰り広げたつもりだったが、シンプルな悪口を返されたため、思わずオウム返しをしてしまう。

「確かに、オレがこの魔導書《グリモワール》をもらったのはたまたまだよ！」

矢継《やつ》ぎ早《ばや》にやってくる魔法攻撃を跳《は》ね返《かえ》しながら、アスタは少しだけこちらを振り向き、

「で、だからなんなんだよ⁉　たまたまだろうがなんだろうが、オレがもらったものをどう

使おうが、オレの勝手だろうが！　そんなん言ったら、アンタが貴族に生まれたのだってたまたまだろうが！　そのポジションをフルに使って、アンタ今ここにいるんだろ⁉」

グリスのことをまっすぐに見ながら、言いきった。

「人の持ってるもん見て妬《ねた》んでる暇《ひま》があったら、自分の持ってるもん見て、同じようことができるように頑張れよ！　オレはアンタみてえに、魔力も家柄もなかったから、こうやって他のもん鍛《きた》えて、どうにかやりくりしてんだよォォォ！」

「………………！」

……確かに。

この状況に陥《おちい》ってから……いや。

本当はもう、演習場にいるころから、気づいていた。

あの剣捌《けんさば》き――あんなもの、どう考えたって一朝一夕《いっちょういっせき》で身につくものではない。魔導書《グリモワール》を授《さず》かってから、それを使いこなせるように、血のにじむような努力を繰り返したに違いない。

自分と、同じように。

いや、もっともっと絶望的な状況だったのにもかかわらず、か。

「そんなふうに人を妬んでる暇があったら、アンタの持ってるもんで、この状況なんとかすんの手伝えよ！　そんだけ悪態つく元気あるんだったら、まだ動けんでしょォ⁉」

「………………」

言いたいことだけ言うと、アスタは再び凄まじい勢いで大剣を振るい、飛来する魔法攻撃のことごとくをぶった切っていく。

……いったい、どれだけの努力を重ねれば、いくつの修羅場《しゅらば》をくぐれば、こんなにも的確な動きができるようになるのだろう？

「植物回復魔法〝姫癒《ひめゆ》の花衣《はなごろも》〟！」

グリスが呆然とそう思っていると、ミモザが背後に回り、治療を再開し始めていた。

「おい、だからオレなんかの治療、しなくったって……」

「いいんです！　私が持っているものは回復魔法しかないから、やるんです！」

必死の様子で言いながら、彼女は言葉をつけ足すようにして、

「そ、それと、アスタさんに意地悪言わないでください！　グリスさんだってたくさん頑張ってきたのでしょうけど……アスタさんは、その何倍も頑張って騎士団に入ったんです！」

「……お、おう」

まさかここで『天然で鋭いことを言う』スキルが発動するとは。

「実績が認められているのだって、ひとりでこういう状況を覆《くつがえ》す力をお持ちだからです！　お仲間に迷惑をかけることもありません！」

「お、おい、ミモザ、そのへんにしておけ……グリス先輩、吐きそうな顔色になってるぞ」

グリスの心が折れそうになったとき、迎撃の合間を縫って、クラウスが会話に入ってきた。

「……確かに私も、ついこの間まではグリス先輩と同じことを思っていました。やつがあの魔導書《グリモワール》を授かったのは、幸運に恵まれただけだ、と」

奮闘するアスタの背中を見ながら、クラウスは言葉を続けた。

「しかしあの魔導書《グリモワール》は、やつが今まで積みあげた努力があったからこそ扱えるものです。見た目のとおりあの大剣、相当な重量です。あの筋肉が――やつが人生の大半を投資して鍛えあげたものがなければ、とても扱えなかったでしょう」

……なるほど。

魔導書《グリモワール》を手に入れる前から土台は固まっていて、魔導書《グリモワール》を手に入れた後も、真摯《しんし》にその鍛《たん》錬《れん》に励んでいた……と。

だったらもう、認めざるを得ないではないか。

「そうかよ……チクショウ」

アスタは、自分と同じ……いや、自分以上の努力をしてきたということを。

少なくとも、魔法騎士団の中心――『金色の夜明け』団の団員とともに、肩を並べられるくらい、積みあげてきたのだということを。

それが認められて、等級が授与されたのだ、ということを。

だったら、それはきっと、正当な評価なのだということを。

そんなふうにグリスが思っていると、

「とはいえ、筋力がどうのと言っても、我々魔道士はピンときませんよね……無事に帰れたら、私と走りこみでもやってみますか？」

クラウスが珍しく冗談口調で言ってくる。

グリスがそれにこたえる前に、ミモザがガタガタと震えだして、

「ク、クラウスさん……やっぱり、男の人の筋肉がお好きなのですか？」

「ミモザ、いいかげん、怒るぞ？」

「クラウス！　いよいよヤベェ！　違う小隊もこっちに来たああァァ!!」

クラウスがミモザにメンチをきったとき、アスタが焦《あせ》ったようにそう叫んだ。

「なんだと!?」

と、クラウスが視線を跳ねあげると、それまで町の魔力障壁を攻撃していた小隊が、クラウスたちと本隊に向けて飛来している様子が目に映る。

……つまり、ほぼすべての敵小隊が、『金色の夜明け』団にターゲットを絞《しぼ》っているのだった。

「バカな……たかだか十名程度の我々に。ここまで戦力を差し向けるなど……！」

言いかけて、クラウスは気づいた。

戦場の上空では、ロータスが煙の車に乗り、ニヤニヤとしながらこちらを見ていたのだ。

「姿が見えないと思っていたら、クソ、そういうことか！」

「ど、どういうことだよ⁉」

わずかに振り返って訊ねるアスタに、クラウスはロータスをいまいましげに見あげながら、

「ただの威力偵察であれば、こんな大胆な采配《さいはい》はありえない。しかしダイヤモンド王国軍を率《ひき》いているのはロータスだ。こちらの――というか、アスタの厄介さを知悉《ちしつ》している」

彼はおそらく、絶対的有利なこの状況を利用して、

「アスタごと、我々を叩き潰すよう指示を出したのだろう……！」

「……えーっと、つまり」

クラウスの分析に、しばし目を白黒させていたアスタだったが、

「限界超えればいいいってことだな‼」

「そういうことだ！」

アスタとのやりとりを終えると、クラウスはミモザに振り返り、

「ミモザ！　私はアスタを箒に乗せて、敵小隊への直接攻撃をしかける！　その前にグリス先輩を本隊へと送り届けるぞ！」

「わかりました！」

「わかりました……じゃねえよ！　いくらなんでも無謀《むぼう》すぎんぞ！」

会話に割って入ったグリスは、自分を指さした。

「オレが囮《おとり》になる！　その隙にオマエら、いったん本隊に戻って態勢立て直せ！」

まくし立てるグリスに、今度はミモザが強めの口調で、

「囮って……無理に決まってるじゃないですか！　グリスさん、まだ身体が……」

「もう治った！　オレの身体のことだ！　オレが治ったっつってんだから、治った！」

「……クラウスさん、大変です！　この人、頭も打ってます！　変なこと言いだしました！」

「オイッ！　オマエそれ天然なんだよな⁉　狙って言ってんじゃねえんだよな⁉」

ミモザとグリスが、緊張感を欠いた会話を繰り広げた、そのとき、

「……今だ。一斉掃射《いっせいそうしゃ》」

彼らの上空に、凛然《りんぜん》とした声が響き渡った。

——そして。

ズガアアアアアッ‼

「‼」

爆炎《ばくえん》が。颶風《ぐふう》が。落雷《らくらい》が。砂礫《されき》が。鉄砲水《てっぽうみず》が。

さまざまな属性の魔法が一斉《いっせい》に放たれ、さながら災害のごとき勢いで、ダイヤモンド王国軍の多くを丸呑《まるの》みにしていった。

「……なっ‼」

驚きの声とともに、クラウスは上空を見あげた。

逆転の一手を打ったのは、本隊よりもさらに後方から出現した、五名ほどの小集団。

そして、その先頭にいるのは、

「……うん。獲物を狩っている獲物ほど、狩りやすいものはないね」

『金色の夜明け』団長、ウィリアム・ヴァンジャンス。

彼は精鋭部隊の数名を従えて、悠然《ゆうぜん》と戦場を見下ろしていた。

「バ、バカな……なぜ団長が、このような小競《こぜ》り合《あ》いの場に……!?」

クラウスは呆然とつぶやく。確かに戦局は芳《かんば》しくなかった。しかしだからといって、団長自らが出向くほどの任務ではない。いったいなぜ……？

「みんな、よく持ちこたえたね。我々が来たからにはもう大丈夫だ」

クラウスたちの疑問は尽きなかったものの、ヴァンジャンスは本隊と合流し、彼らをかばうようにして矢面《やおもて》に立ち——。

「……さあ、野蛮《やばん》なお客には帰ってもらおう」

仮面に覆《おお》われたその顔に、静かな笑みを広げながら、言った。


——そこから先は、『戦闘』というよりも『制圧』だった。

最初の一撃で半数近くの兵士を失ったダイヤモンド軍は、早々に撤退の構えを見せた。しかし、精鋭部隊からの容赦ない猛攻でそれすらままならず、さらに半数近くを削りとられる形となる。

対するクローバー王国は、死者はおろか重傷者すら出さず、町への損害なども もちろんない。それどころか数名の捕虜を手に入れることすらできた。

たった五名の援軍が来たことによって、戦況がいっきに覆ったのだった。

「……なんか、話には聞いてたけど、やっぱ精鋭部隊ってすげえんだな……圧倒的っつーか、マジ一瞬だったたっつーか」

「ああ……私も見るのは初めてではないのだが、やはり凄まじいな」

アスタが呆然として言うと、クラウスも感心したように答える。

そこにグリスが他人事《ひとごと》のような一言をつけ足した。

「……まあ、強者《つわもの》ぞろいの『金色の夜明け』の中でも、化け物みたいな連中ばっかりだからな。数人だけでも出張《でば》りゃあ、あんなもんなんじゃねえの」

捕虜の搬送がひと段落つき、手持ちぶさたになった三人は、岩場に腰かけながらそんな会話をしていた。

ちなみにミモザは、軽症者の治療のために走り回っている。他にも、一部の団員は後片づけに奔走《ほんそう》しているため、帰るのはもう少ししてからになりそうだった。

「ちなみに、もうひとりのあの下民……ユノも、精鋭入りの候補に名前が挙がってるらしいぜ。あとひとつかふたつ、でっかい手柄でも立てりゃあ、そうなるだろうな」

「マジっすか⁉　チクショウ、ユノ！　あいつ、いつの間にそんなとこまで……‼」

どうでもよさげなグリスの報告に、アスタはぐぬぬと歯嚙《はが》みしたが、

「……まあ、いいっす！　オレはオレのやり方で実績を積んで、上、目指します！　あいつがどこまで行こうが、絶対食らいついて、追い越してやりますよ！」

「ああ、その意気だ。まあ、はは……どちらを応援するかと聞かれたら、困るがな」

屈託のない笑いを見せるアスタに対して、クラウスは失笑しながら答える。

グリスも薄く笑いながら、アスタに顔を向けて、

「クソ下民が上なんて目指せるわけねえだろ」

「クソ下民が上なんて目指せるわけねえだろ⁉」

まあまあ打ち解けたと思ったのに、いきなり強めの暴言を吐かれたものだから、アスタは思わずオウム返ししてしまった。

「助けてもらった感謝はしてるよ。でも、下民は下民って考え方は変わっちゃいねえ。下民ごときが貴族や王族の上に立てるわけねえだろ」

「……まだそんなこと言ってるんですか、グリス先輩」

見かねたように口を挟むクラウスに、グリスは意地悪そうな笑顔を作って、

「ったりめーだろ。っていうか、オマエやミモザが柔軟すぎるんだよ。こちとら二十年近くそういう常識の下で育ってきてんだ。一回や二回下民に助けられたくらいで、簡単にその常識が覆るかよ」

そして今度は、その意地悪顔をアスタに向けた。

「っつーか、上に行けば行くほど、オレみたいな考えのヤツしかいねえぞ。風当たりも強くなるし、もっとあからさまにイジメてくるヤツもいる。しかも誰もオマエを守ってくれねえんだ……そういうのわかったうえで、上に行くなんて言ってんのかよ、下民」

嫌味《いやみ》をたっぷり込めて言ったはずだったが、アスタはまったく動じていないように、

「はいっす！」

即答。なんなら少し食い気味だった。

「そういうの昔から慣れっこですし、戦功叙勲式のときにも思い知りました……」

一瞬だけ悲しそうな表情をしたアスタだったが、しかし次の瞬間には明るい調子で笑い、

「だから、そういうヤツらがなんにも言えねえくらい、実績積んでやるって決めたんす！下民だって、魔力がなくたって、アンタらと同じことできるんだぞって、認めさせてやるんす！」

「あ、そ……」

——少なくともオレはもう、だいぶ認めてっけどな。

なんて台詞《せりふ》がのど元まで出かかって、グリスは慌てて飲みこんだ。

アスタがこれだけの働きをしても、認めない者は本当に認めない。というか、アスタがこの先で会うのなんて、そんな連中ばかりだろう。

それを知ってもらうため、あえて憎まれ口を叩いてみたのだが、

「……そんだけ固い決意があるんだったら、必要なかったかもな」

「え？　なんか言いました？」

「……なんでもねえよ」

グリスは立ちあがり、そのまま箒に向けて歩いていった。

「あれ、どこ行くんすか？」

「帰るんだよ。オマエと違って、やることあるからな」

今回の件の始末書とか、先輩団員からのお説教とか、いろいろ。

「そっすか！　じゃあ、またどこかで！」

「……会わねえよ、バカ」

いや、こちら側が、アスタと肩を並べて戦えるようになる、その日まで。

アスタとは、会うことはないだろう。

そんな思いを胸に、グリスは箒に乗って帰っていくのだった。

「……なあ、クラウス。どうでもいいんだけど、なんであの人、なんもしてないのに偉そうなんだ？」

「……いや、私もよくわからん」

背後に聞こえてきたその会話に、空中でずっこけそうになりながら。

「ああ、アスタさん、こんなところにいらっしゃったのですね？」

グリスが飛び立っていった直後、クラウスとアスタの背後で、ミモザの声が聞こえてきた。

「アスタさんとお話ししたいという人を、連れてまいりました」

「……話したい人？」

と、アスタが振り返ったその先にいたのは、

「やあ、挨拶《あいさつ》が遅くなってしまったね」

「!!」

ウィリアム・ヴァンジャンス。

『金色の夜明け』団の団長が、ニコニコ顔のミモザに連れられて、その場に立っていたのだった。

「こ、これは、まさか、団長直々《じきじき》に……っ！」

「ああ、楽にしていてかまわないよ。本当にちょっと挨拶をしに来ただけだから」

ひざまずこうとするクラウスを片手で制し、ヴァンジャンスはアスタに向き直った。

「アスタくん、だったね？　このたびは、私の団の戦闘に巻きこんでしまって、申し訳なかったね」

「……そ、その件ですが、団長、申し訳ありません！　私が彼を連れてきたのです！　責任

の追及に関しては、どうか私に！」

ものすごい勢いで頭を下げるクラウスだったが、ヴァンジャンスはもう一度彼を制し、

「いや、いい。巻きこんでしまったのは申し訳なかったけれど……ヤミもまあ、うるさいことは言ってこないだろうしね」

「はい。絶対言ってこないと思います」

アスタは即答した。

「らしいけど、どうする、クラウス？　どうしてもと言うのなら、なにかお咎《とが》めを用意するよ？」

「あ……いえ……」

どぎまぎと答えつつ、クラウスは軽く驚きを覚えた。

団長でも、こんな軽口を叩くのだ、と。

「それに、戦闘任務に参加することは、ある意味この体験入団の本来の目的でもある。『白夜の魔眼』からの宣戦布告や、各国との戦争の激化……不穏な空気が流れている今だからこそ、魔法騎士団はより一枚岩になっていかないといけない」

「…………」

それを聞いていた周りの団員たちが、耳が痛そうな顔をしている。

その様子が、なんだかクラウスには滑稽《こっけい》に思えてしまった。

「そのための連携強化の一環で、体験入団という試《こころ》みが実施されたんだ。戦闘の場に出ることで、現場の連携を肌で感じられたんじゃないかな」

「はいっス！　……っていうか、そういう意味があったんすね、体験入団って」

八割くらいピクニック気分だった。ヤミも『行ってこい』しか言わなかったし。

「とはいえ、危険な目にあわせてしまったのはすまなかった。君が戦闘任務に行っていると聞いて援軍に来たのだけど、間に合ってよかったよ……それに、君の戦闘も見られたしね」

そこでヴァンジャンスは、アスタの魔導書《グリモワール》に視線を落とした。

「話には聞いていたけど、やはり凄まじいね。魔法を無効化する大剣。それを存分に活《い》かした神速《しんそく》の剣術……たいていの魔道士にとって、君は天敵となり得るだろうね」

「………………！」

遠巻きにその発言を聞いていた団員たちが、小さくどよめいた。

それは、基礎演習場にいた者たちも思っていたことだが、まさかその台詞を、団長の口から引き出すとは……。

そして、その後のヴァンジャンスの発言によって、彼らはさらに驚くこととなる。

「どうだい、体験入団が終わった後、私の執務室でお茶でも飲まないか？　ゆっくり話を聞かせてほしいんだ」

「‼」

最強の騎士団の頂点に立つ男——つまり、いま現在もっとも魔法帝に近いとされている彼が、自身の執務室に、他団の下民を招き入れる。

その提案を聞いていた一同の顔色が、あからさまに変わっていく。

『金色の夜明け』団の団員でも、執務室に入ったことがあるのはごく少数だ。それどころか、ヴァンジャンスと挨拶以外話したことがない者だって多くいる。

だというのに、あんな下民の小僧が……⁉

そんな一同の驚愕を小さな身体に感じながら、アスタは軽く頭を掻いて、

「すんません、この後用事あるんで、また今度じゃダメっすか？」

「ぅおおおおぉぉぉぉぉぉぉいいいイイイイイイッ！」

クラウスはキャラにもなく、アスタの頭を全力でひっぱたいた。

「痛ぁっ！　いきなりなにするんだよォ⁉」

「オマエこそなにしているのだ⁉　団長からのせっかくのお誘いを断るって……正気か⁉」

「え、だって……」

顔を真っ青にするクラウスに対して、アスタはきわめていつもの調子で、

「訓練が終わったら、三人でメシ食いにいくって約束したじゃねえか」

「…………っは？」

と、言ったのはクラウスだったが、その場にいる全員が思ったことでもある。

ヴァンジャンス団長からの誘いを蹴って、一般団員たちとのご飯の約束を優先させる。

アスタがそういう選択をしたのだと理解するのに、数秒の時間を要した。

「っつーわけで、すいません、ヴァンジャンス団長。明日とかじゃダメっすか？　……あ、でも明日からラクエに行っちゃうから……うーん、どうしよう」

「どうしよう、じゃない！　私との約束などどうでもいいから、いますぐ団長と一緒に行くのだ！」

「いや、でも先に約束したのこっちだし」

「後先の問題ではない！　上司からの誘いはなにをおいても優先させるのだ！　いつまでも学生気分で通用すると思うなよ！」

「急になんだよっ⁉　オレ魔法学校出てねえよ！」

「あ、あの、私、折衷案《せっちゅうあん》を思いついたのですけど、四人で一緒に、クレープを食べながら町中を歩く、というのはどうでしょう⁉」

「どことどことの間をとったらそうなるのだ⁉　というか、どういう絵面《えづら》だ、それは⁉」

「……っく、はは、あははは」

ミモザも交《まじ》えたそのやりとりに、ヴァンジャンスはこらえきれなくなったように、大きな笑い声をあげる。

そんなふうに笑う彼を見るのは、ミモザやクラウス、他の団員たちも、初めてだった。

「……『協調性を高める』か。なるほど。そういった思惑《おもわく》も含めて、魔法帝は君をこの団によこしたのかもしれないね」

謎のようなひとことを言ってから、ヴァンジャンスは立ち去ろうとした。

「そうか。先約があるのならしかたない。君を招くのは、また次の機会にするよ」

「ま、待ってください、団長！　なんとか説得しますので、もう少しだけ……」

「いや、本当にいいよ。楽しんでくるといい」

そこで少しだけアスタを振り返ったヴァンジャンスは、薄い笑みを浮かべながら、

「じゃあね、アスタ君――君を招待できるのを、楽しみにしているよ」

「うすっ！　オレも楽しみにしてます！」

団長が去ってしまうと、周囲で聞き耳を立てていた団員も、そそくさと散っていく。

残されたアスタ、クラウス、ミモザは、しばし呆然としていたが、

「……で、結局、誰のおごりでメシ行くんだ？」

「……なぜ、そんなスムーズにそっちの会話に移れるのだ」

アスタにそうツッコミを入れつつ、クラウスはへたりこむようにして地べたに座った。緊張の糸が切れた、というよりも、いろんな意味での疲れがピークに達したのだ。

団長の誘いを断って、いち団員との約束を優先させる。そんな選択をできるヤツ、今まで

クラウスは見たことがない。少なくとも『金色の夜明け』団の団員には、そんな損得勘定を度外視できるものはいないない。

……しかし、

「いや、楽しみだったんだよ、メシ！　王都って、うまいもんいっぱいあるんだろっ⁉」

「………」

上司と飲むお茶よりも、仲間と食べるご飯のほうを選べる。

損得勘定《かんじょう》ではなく、自分がどうしたいかで動ける。

それがアスタなのだと、クラウスは改めて思い知ったのだった。

「……ああ、たくさんあるよ。私のおごりで連れていってやる」

自然と笑いながら、クラウスは言っていた。というか、最初からそのつもりだったのだ。

「いや、でも、今回いろいろ迷惑かけちゃったし、オレが出すって！」

「あ、あの！　私、折衷案を思いついたのですけど！」

アスタが言うのと同時に、ミモザがなにやら興奮した様子でぴょこんと手を挙げた。

「みんなで『割《わ》り勘《かん》』というものをしてみるというのは、どうでしょう⁉」

ほっぺたを赤くしながら言うミモザ。そのまま彼女は、少しだけ申し訳なさそうに、

「同じ騎士団の仲間なのですから、おごるとか、おごられるとか、そういうの、嫌だったのです……それで、その、おふたりの勝負の結果を、あいまいにしちゃって、ごめんなさい」

「……ああ、だからなんか、変な誤魔化《ごまか》し方してたのか」

誰かに身体を操られているのかと、あのときアスタは本気で思っていた。

「だから、『割り勘』してみたいのですけど……ダメですか？」

「……ダメじゃねえよ！　そういうことなら、しようぜ、割り勘！」

ミモザの頭を、わしゃっ！　とつかみながら、アスタは大きく笑う。ミモザは顔を真っ赤《まか》にしながら、はにかんだように笑い、クラウスもその様子を見てわずかに笑う。

なぜアスタが、『金色の夜明け』団へと体験入団を命じられたのか。

ヴァンジャンスから説明があった今でも、アスタにはよくわからないし、彼らの意思に沿うような行動ができたかどうかもわからない。

しかしアスタは、大きな達成感を感じていた。

団は違えど、固い絆《きずな》で結ばれた仲間が、この騎士団にもいる。

それが再確認できただけでも、今回の任務に意義があったと、そう思えるのだ。

「じゃあ、早いとこ帰ろうぜ！」

満足感に包まれながら、アスタはクラウスの箒へと駆け寄り――。

「あ……オレ、今日、財布《さいふ》……持ってきて、ねえ」

「あー、めっちゃ食ったあ！」

夕暮れに染まる空の下、『黒の暴牛』アジト付近の小道にて。

大きめのひとりごとを言いながら、アスタは帰路についていた。

あの後、一度演習場へと戻ったアスタは、『金色の夜明け』団の関連施設を見学させてもらい、その後に三人でご飯を食べにいった（結局ミモザとクラウスのおごりで）。そうして三人で王都をぶらぶらした後、ふたりにアジト近辺まで送ってきてもらったのだった。

そして、アスタの両手には、こんもりと膨《ふく》らんだ布袋が抱えられている。

『黒の暴牛』のみんなへ、お土産《みやげ》を買ってきたのだ。

今日の一日で、仲間の大事さというものを再確認することができた。だからアスタは、柄《がら》にもなくこんなことをしてみたのだった。

魔力ゼロで、孤児で、下民のアスタを、当たり前のように受け入れてくれた人たち。

ただいまと言ったら、お帰りと言ってくれる、温かな人たち。

そんな彼らに、なにかしらの形でお礼がしたくなったのだ。

……まあ、クラウスから借りたお金で買ったのではあるが。

それはともかく、アジトの目の前まで到着したアスタは、満面の笑顔を浮かべた。

べつに作っているわけではない。ここに来ると、自然とそんな笑顔が浮かんでしまうのだ。

「皆さん、ただいまっす！　アスタが帰りまし……！」

その笑顔のまま、扉に手をかけた、そのとき、

「……ヤミ団長、洗濯《せんたく》もの、ここに置いておけばいいですか？」

「おー、そこでいいよ。っつーかなに、もう終わったの？　はは、マジで仕事早《はえ》えな」

「!!」

ものすごく聞きなれた――しかし、この場では絶対的に不似合いな声が、聞こえてきた。

なんだか怖かったので、少しだけ扉を開《あ》けて確認してみると……。

「あ、あと、天井も壊れてるとこあったんで、直しましたけど、大丈夫でした？」

（………ユノッ!?）

……アスタの幼馴染にして、四つ葉の魔導書《グリモワール》に選ばれた天才・ユノ。

「……あれ？　あたしのお酒、切れてたと思うんだけど、誰か買い足しといてくれた？」

「ああ、暇だったんで、さっき買ってきました」

「お、気が利《き》く～！　ありがとう！　危うく飲酒篝するところだったわよ」

彼が当たり前のように、『黒の暴牛』の共有スペースで、他の団員たちと親しげに喋《しゃべ》っているのだった。

（……なんで!?）

アスタの心の問いに答えるようにして、ヤミがユノに言う。

「いやあ、なんか悪いねえ。こっちはこんな使えるヤツを体験入団でよこしてもらったのに、あっちにあんな脳筋小僧《のうきんこぞう》をやっちゃって。金ピカヘンテコ仮面マンに申し訳ねえわ」

ユノも体験入団に行っているという話だったが、まさか『黒の暴牛』に来ているとは……。

……というか、

「ねえねえユノくんユノくん！　もう一回だけ僕とヤってよ！　あはは、あのシルフを使った魔法、面白《おもしろ》すぎたからさあ！　ね、もう一回だけ、もう一回だけ！」

「おい、ラック、割りこみすんじゃねえよ！　ユノにはこの後、紅零爾威災駆乱号《クレイジーサイクロンごう》のカスタム手伝ってもらうんだからよ！」

「らぁ〜！　ダメだよ！　救食《きゆうしよく》の王子……じゃなかった、ユノくんは、あたしとあっちで新メニューの考案するって約束したんだからあ〜っ‼」

（めっちゃ馴染《なじ》んでるぅぅぅぅぅぅウウウッ！）

今見ているだけでも、ラック、マグナ、チャーミーがユノへ群がり、親友のようなテンションで話しかけている。この短時間で、各々《おのおの》に必要とされるポジションを得たようだった。

……本来、アスタがいるべきはずの、そのポジションを。

（……い、いや、でも、妬んだりしちゃダメだ。グリス先輩にも、思いっきりそんなこと言っちまったし……！）

アスタが自分を落ち着かせていると、カウンターテーブルに腰かけたヤミが、隣に座るバネッサと会話をしているのが聞こえてきた。

「いやあ。最初はどうなることかと思ったけど、案外調子いいかもな、体験入団制度ってヤツ。こんな使えるヤツが来てくれるんなら、恒例化してほしいよ、マジで」

「本当ですよね～。ユノくん、ずっとうちにいてほしいですもん。カワイイし♡」

「…………」

――魔力ゼロで、孤児で、下民のアスタを、当たり前のように受け入れてくれた人たち。

「じゃあさ、もうアスタ向こうにやって、このままユノもらわねえ？　ヴァンジャンスに話しとくよ、オレ」

「………………………」

――ただいまと言ったら、お帰りと言ってくれる、温かな人たち。

「…………」

そんな人たちの、そんな会話を聞きながら、アスタはゆっくりと、大きく深呼吸する。

そのままお土産を放り投げると、魔導書《グリモワール》から大剣を抜き放った。

そして、

「……ユノテメ今すぐオレと勝負しろやゴルァァァァァァァッ!!」

妬《ねた》み嫉《そね》みを全開にして叫びながら、ユノに向けて斬りかかっていったのだった。

「……ア、アスタのヤツ、遅いわね……せっかく、明日《あした》着ていく水着、ちょっとだけ見せてやろうと思ったのに……べつに深い意味は、ないけど」

ちなみにそのとき、ノエルは自分の部屋にこもり、明日の任務で着ていく水着を試着しながら、そわそわとアスタの帰りを待っていたのだが。

それはまた、別の話。

BLACK CLOVER

1 2 3 4

三章《さんしょう》 ✿ 特攻隊《とっこうたい》はひた走《はし》る

砂埃《すなぼこり》を孕《はら》んだ風が吹き荒れる、荒々しい荒野《こうや》だった。

「……着いたな」

「だね～」

その乾いた大地を踏みしめながら、マグナとラックは不敵《ふてき》な笑《え》みを浮かべていた。

彼らの眼前にそびえたっているのは、

「……ほォ～。なかなかいかついトコじゃねえか」

山のような大きさを誇り、まがまがしい魔力に包まれた、巨大な魔宮《ダンジョン》。

ふたりは今まさに、この魔宮《ダンジョン》へと足を踏み入れるところだった。

任務として言い渡されたから、ではない。自分たちの都合《つごう》で、でもない。

――アスタの腕を、治《なお》すためだ。

「あはは。ビビってるの？　マグナ」

海底神殿にて、ヴェットという獣魔法使《けものまほう》いとの激戦によって、アスタの腕は破壊された。

しかもその傷には古代の呪術《じゅじゅつ》魔法がかけられており、二度と元には戻らないのだという。

それが発覚したとき、しかしアスタは、希望を捨てなかった。

誰が諦《あきら》めるか、と。
運命にケンカを売るように、大きくそう叫んだのだ。
誰よりも絶望していいはずなのに。誰より泣いていいはずなのに。
そのどちらもせず、叫んだのだ。
なにがなんでも治す、と。
たとえそれが叶《かな》わなくても、腕に頼《たよ》らずに戦い抜いてやる、と。
決して諦めずに、前向きに現実を受け止めたのだ。
「誰がビビるかっ⁉　むしろワクワクするわァァッ⁉」
だったら、彼の仲間として、先輩として、することはひとつだった。
アスタの腕を治す方法を、『黒《くろ》の暴牛《ぼうぎゅう》』の皆で探す。
最低最悪の荒くれ集団は、たったひとりの新人団員のため、一枚岩となったのだった。
そうして一同は、腕を治すヒントを探すため、方々《ほうぼう》へと散っていき、
「待ってろよ、アスタ……‼」
マグナとラックが向かった先は、恵外界《けいがいかい》の荒れ地にあるこの魔宮《ダンジョン》。
どんなことをしたって、どんなに時間がかかったって、必ずアスタを救う。
そんな覚悟を胸に、ふたりは魔宮《ダンジョン》へと足を踏み入れていったのだった。

——が。

「うおおおおォォォッ！」

十分もしないうちに、ものすごい勢いで引き返していた。

「あははは、やっぱりマグナ、超ビビってるじゃ〜ん！」

「ビ、ビビってねえよ！　ビビってねえけど……」

並走するラックに怒鳴《どな》ってから、マグナは改めて後ろを振り返る。

マグナとラックの背後。彼らを凄《すさ》まじい勢いで追いかけてくる、そのモ、ノ、たちは……。

「「ゲェガアアアアアァァァアアアッ」」

ボロボロの防具に身を包んだガイコツ兵や、首なしの騎士《デュラハン》など。

不気味《ぶきみ》な黒煙とともに現れた、異形《いぎょう》なモノたちの集団。

「オバケが出るなんて、聞いてねえぞおおォォォッ！」

——正体不明の化け物たちがひしめく、オバケ魔宮《ダンジョン》。

ふたりが乗りこんだこの場所は、どうやらそういう場所のようだった。

「はあ……はぁ……っは……どうだ、ラック、撒《ま》いたか？」

魔宮《ダンジョン》内の小部屋へと身を隠したマグナは、声を殺しながらラックに訊《たず》ねた。

魔宮《ダンジョン》はアリの巣のような構造だ。魔宮《ダンジョン》の中にたくさんの部屋があり、それらが互いに通路でつながっていて、地表には無数の出入り口がある。

　オバケたちをなんとか振りきったふたりは、小部屋のひとつへと飛びこみ、息をひそめて通路の様子《ようす》をうかがっているのだった。

「……うん。大丈夫みたいだねー。とりあえず魔《マナ》の気配はないよ……って言っても、あはは、オバケに気配があるかどうかなんて知らないから、そのへんからまた出てくるかもね」

「ビ、ビビらすんじゃねえよ！　……いや、ビビってねえよ！　舐《な》めんな！」

　ビビってはなかったが、マグナは石造りの狭い小部屋の中を見回した。ものすごく入念に。

「……マジでなんなんだよ、この魔宮《ダンジョン》。罠魔法《トラップまほう》やら警備用のゴーレムとかならわかるけど、オバケって……」

　実際、最初は罠《トラップ》魔法の類《たぐい》かと思い、出会い頭《がしら》でオバケたちに魔法をぶっ放してみた。

　ビビりながら……もとい、意気ごみながらだったので、相当な威力だったと思う。

　しかし何回倒しても、ガイコツ兵は骨と骨がくっついてすぐもとに戻る。デュラハンも鎧《よろい》同士がくっついてもとに戻ってしまう。そうこうしているうちにとんでもない数に囲まれ、不気味な黒煙によって視界も奪われ始めたため、逃走へときり替えたのだった。

　だから結局、ヤツらがどういう存在なのか、まだわかっていない。

「……チクショウ。あのババア、やっかいな魔宮《ダンジョン》勧《すす》めやがって」

「あのババア？」

マグナのついた悪態《あくたい》に、ラックが首を傾《かし》げる。マグナはひとつ頷《うなず》いて、

「ああ。闇市《ブラックマーケット》の賭場《とば》にときたま顔を出す、やたらと勝負強え婆《づえばあ》さんだ。そいつに占って
もらって、ここを攻略することに決めたんだよ」

昨日《きのう》の夜のことだ。魔力回復の薬草を買うため、マグナは闇市《ブラックマーケット》へと向かった。

そこで件《くだん》の老婆に会い、世間話がてらに事情を説明したところ、占いによってこの場所を
勧められたのだった。

「……え、なんか、僕が言うのもなんだけど、ちょっと胡散臭《うさんくさ》くない？」

「オレも最初はそう思ったけど、当たるって評判なんだよ、その占い。それにその婆さん、
ちょっと前にアスタに助けてもらったことがあるらしいんだ」

なんでも、ひったくりにあいそうになったところを、アスタ、ノエル、バネッサなど、

『黒の暴牛』の面々に助けてもらったらしく、そのことに深い恩義を感じている様子だった。

そんな事情もあって、親身になって相談に乗ってもらったのだが……。

「……チクショウ、恩を仇《あだ》で返しやがって。やっぱりインチキ占いなのかもな」

「あはは……どっちなのさ」

「っつか、アイツらホントにオバケなのか？　そんなもん、この世にいるのかよ？」

「んー。わかんないけど、『未知のもの』ってことに変わりはないね。なんでかわからない
けど、僕の魔《マナ》の感知に引っかからないし」

指先に紫電《しでん》をまとわせ、それを見つめながら、ラックは言う。

「まあ単純に、魔《マナ》の力場《りきば》が強い場所だから、感知がうまくいかないのかもしれないけど……そんなこと今までなかったからさあ」

魔宮《ダンジョン》のように、魔《マナ》の力場が強く発生している場所——強魔地帯《ごうまちたい》と呼ばれる特定地域には、特異な魔法現象が起きていることが多い。その現象の種類はさまざまだが、なかには『魔《マナ》が感知できなくなる』といった類のものもある。

とはいえ、普通の魔宮《ダンジョン》だったらここまで感知能力は鈍《にぶ》らない。近くに敵がいれば絶対にわかるはずだし、魔宮《ダンジョン》全体の大まかな構造だって把握《はあく》できるはずだ。

しかし、なぜかここだとそれができない。

やはりこの魔宮《ダンジョン》は、なにかがおかしいのだ。

「……ま、それだけ攻略のしがいがあるってもんだよねー」

紫電を握《にぎ》り潰《つぶ》すように消すと、ラックは嬉々《きき》として、

「これだけ大規模で、魔《マナ》の感知も使えなくて、しかも、オバケがいる魔宮《ダンジョン》なんて……あはは、眠ってるお宝も、めっちゃいいやつだよ、きっと！」

そもそも魔宮《ダンジョン》とは、昔の人間たちが残した遺跡のようなもので、強力な古代魔法の使用法を記《しる》した書物や、貴重な魔導具《まどうぐ》が保管されているところだ。そして、魔宮《ダンジョン》の大きさや攻略の難易度《なんいど》は、保管されているものの貴重さに比例していることが多い。

そういった『お宝』の中に、アスタの腕を治すヒントが含まれている可能性は十分にある。

「それに」

そこでラックは、柔らかな笑顔を好戦的なものに変えた。

「こんな魔宮《ダンジョン》をクリアしちゃったらさ、僕たち、確実にレベルアップできると思わない？」

「……だな」

魔宮《ダンジョン》攻略の一番の目的は、もちろん、アスタの腕を治すヒントを見つけること。

そして二番目の目的は、ラックとマグナ自身のレベルアップだ。

アスタの腕が治らなかった場合——考えたくもない話だが、だからこそ先輩であるラックやマグナが考える必要がある——それでもアスタは戦い続けると言った。彼がそう言うからには、周《まわ》りの者がいくら止めたって聞かないだろう。

そうなったとき、彼をサポートするために、今より強くなることがどうしても必要なのだ。

アスタの腕を治すヒントと、自分たちのレベルアップ。欲張《よくば》りすぎな気もするが、どちらかひとつでも手にすれば、アスタの未来に貢献《こうけん》できるのは事実だ。

逆に、どちらかひとつを手にするまでは、アジトには戻らない。

そういった覚悟で、ふたりはここにいるのだ。

「……そんじゃあ、ぼちぼち動くか」

わずかに震えていた足に、マグナはげんこつを叩《たた》きこんだ。

「さっきはいきなりだったから、ちょっとビビっ……そこはかとなく焦《あせ》っちまったけど、次会ったら正体ぶち暴いて、ぶっ飛ばしてやろうぜ！　あんな化け物ども！」

マグナが息巻きながら立ちあがった、その時、

「――誰か、いるんですか？」

小部屋の出入り口からそんな声がして、

「きゃあっ！」

マグナはラックへと飛びついた。

「あ、ご、ごめんなさい！　びっくりさせるつもりは、なかったんですけど……」

そんな彼に謝罪しつつ、小部屋の中へと入ってきたのは、女の子だった。

年のころは十代の半《なか》ばといったところか。フリルのついた貫頭衣《かんとうい》に身を包み、サラサラの金髪を肩の長さで切りそろえた、どこにでもいそうないでたちの少女だ。

とはいえ、こんな少女が魔宮《ダンジヨン》の中にひとりでいるのは、どう考えたっておかしい。

ということは、やはり……。

「……お、おおおう、おうおう、さ、さっそくお出ましかよ！　今度は女のオバケかぁ!?　ビビらしてくれんじゃねえか！　いや、ビビってねえよ舐めんなゴラァッ!?」

ラックから離れると、マグナはヤンキー指数を高めながら少女へとメンチをきる。そのまま魔法を放つ構えに入ろうとしたのだが、

「ご、ごめんなさい、ごめんなさい!! ふ、ふぇ……えぐ……」

「……へ？」

その少女はびくりと肩を跳《は》ねあげると、そのまま嗚咽《おえつ》を漏《も》らし始めてしまった。

「ひぅ……グス……そうですよね。わ、私、かわいくないし、ビビりだし……オバケって言われてもしかたないです。い、生きてる価値なんて……ないんですから……」

「い、いや、ちょっと待てよ!? なんだよその解釈!? そんなエグいメッセージを込めてオバケって言ったわけじゃねえよっ！」

マグナがものすごい罪悪感にとらわれていると、ラックは珍しくドン引きしたように、

「うわぁ……マグナ、女の子泣かした。っていうか……謝《あやま》りなよ。出会い頭《がしら》でどんだけひどい罵声《ばせい》を浴びせてるのさ」

「浴びせてねえよな!? コイツいま、勝手にネガティブに引きこまれていっただけだろ！ いや、じゃなくて！ こんなトコに女がひとりいるなんて、どう考えてもおかし……！」

「ごめんね、君。このお兄さん、頭の外見と中身がちょっとだけおかしいんだ」

テンパるマグナをよそに、ラックは少女を落ち着かせるように笑いかけた。

「僕はラック。こっちのヤンキーはマグナ。魔法騎士団《まほうきしだん》の団員だよ」

「……魔法……騎士団？」

その単語に、彼女は少しだけ顔を上げてラックの顔を見た。安心したような、それでいて、

どことなく警戒をしているような、なんともいえない表情だ。

「……そう、魔法騎士団。ちょっとした任務で、この魔宮《ダンジョン》を攻略しに来たんだ」

その違和感についてはひとまず触れず、ラックはそんな言葉がけを続ける。

少女はボーっとしたようにラックを見ていたが、再《ふたた》び怯《おび》えたようにマグナを見て、

「ひぅ……わ、わかりました。この人、その職権を濫用して、私をズタズタにして引きずり回すつもりなんですね……」

「つもりじゃねえよ！　さっきからなんなんだよ、そのすさんだ発想っ⁉」

「……マグナ、見損《みそこ》なったよ！　女の子になんてことするつもりなのっ⁉」

「つもりじゃねえっつってんだろ！　オマエはオマエでいちいち踊らされてんじゃねえ！」

と、ラックに怒鳴《どな》ったマグナだったが、なんだか急激に体の力が抜けてしまう。バカバカしくなった、というより、体力の無駄遣《むだづか》いだと気づいたのだ。

マグナは小さく深呼吸をすると、やや声のトーンを抑《おさ》えて、

「……いきなり怒鳴って悪かったよ。オマエの名前と、どうしてこんなところにいるのか、それを教えてくれねえか？」

その質問に、彼女は少しだけ間《ま》をおいてから、涙をぬぐいつつ、

「……モーガンっていいます」

やがて、観念《かんねん》するような口調で言った。

「……私も、この魔宮《ダンジヨン》に用があって、入ってました」

「……え？」

今度はラックが疑問を感じたような顔をする。

魔宮《ダンジヨン》とは基本的に、発見されるのと同時に国の管理下に置かれる。他国の者や邪《よこしま》な理由を持った者に遺物を奪われることを防ぐためだ。

この魔宮《ダンジヨン》もそれは同じ。一般人の立ち入りは固く禁止されているはずだ。彼女――モーガンにどんな事情があるかはしれないが、許可なく入っていいわけがない。

その疑問について指摘しようとした、そのとき、

「オイ、ラック！　来やがったぞ！　オ、オバケどもだ！」

通路の見張りをしていたマグナが叫び、

「「ゲェガアアアアアァァァァァァッ」」

地の底から響くような叫び声が、大量の足音とともに、通路の奥からやってきたのだった。

「え～？　あはは、なんでだろ、やっぱり魔《マナ》の気配なんてしなかったのになあ？」

「言ってる場合かよ！　どうする⁉　応戦すっか⁉」

そんなことを思っている間にも、オバケたちはすごい速さでこちらへと向かってくる。

ラックは少し考えてから、

「……そうしたいけど、いったん退《ひ》こっか」

戦闘本能が顔を出しそうになったが、我慢してそう言った。

オバケたちに対して、まだなんの具体策も立っていないし、こちらにはモーガンがいる。

相手は得体《えたい》の知れない化け物だけに、誰かを守りながら戦うのでは分《ぶ》が悪すぎるだろう。

そんなふうに思考を閉じて、反対側の通路へ行こうとすると、

「オ、オイ、オイ！　ラック！　は、反対側っ！　反対側からも来てんぞっ!!」

マグナのその言葉どおり、反対側の通路の奥からも、オバケたちが大量に押し寄せてきた。

「あはは……挟《はさ》み撃《う》ち？」

完璧《かんぺき》に自分たちの居場所を捉《とら》えたような対応に、ラックがそうつぶやいたとき――。

「こ……こっち！　この部屋の奥、隠し通路になってます！　そこから逃げられます！」

それまでオロオロとしていたモーガンが、部屋の奥まで行くと、壁の一部を押した。

すると、ズゴゴゴッ、と、壁が横にスライドしていき、その奥にある通路へとつながる入り口となったのだ。

「は、はあっ!?　オマ、なんでそんなこと知って……!?」

「あとで話します！　とにかく今は、ここへ！」

「………！」

マグナとラックは顔を見合わせる。見知らぬ魔宮《ダンジョン》の中で、見知らぬ化け物どもに囲まれ、見知らぬ少女の案内で、見知らぬ道へと行こうとしている。

わけがわからない、というか、行き当たりばったりすぎるシチュエーションではあったが、

「……オレたちらしいな、そういうほうが！」

「だね！」

一瞬で意思の疎通《そつう》をすませると、彼らは互いに背中を向け合い、

「炎魔法《ほのおまほう》〝爆殺散弾魔球《ばくさつさんだんまきゅう》〟」

「雷魔法《かみなりまほう》〝迅雷《じんらい》の崩玉《ほうぎょく》〟」

オバケたちへけん制の一撃を叩きこんでから、ふたりはモーガンが開いた隠し通路へと足を踏み入れていった。


「……ひとまず、このあたりまでくれば、大丈夫《だいじょうぶ》でしょうか？」

「……おう、ありがとよ」

マグナはモーガンの言葉に返事をしてから、連れてこられたその場所を見回した。

そこはさっきの部屋と同じくらいの大きさの小部屋だ。一同はオバケたちを振りきって、なんとかここまでたどり着いたのだが……。

「……で、オマエ、なんでこんなにこの魔宮《ダンジョン》に詳《くわ》しいんだ？」

「…………」

あの後、彼女の案内でいくつもの通路や部屋、隠し扉を通ってここまでやってきたのだ。

しかもここは未攻略の魔宮《ダンジョン》だ。魔法騎士団ですら全容を把握していないのに、こんな年《とし》端《は》もいかないような少女が、なぜここまで道を知《し》り尽《つ》くしているのか。

「えっと……」

返答に困ったようにおどおどしていた彼女だったが、やがて上目《うわめ》遣《づか》いにマグナを見て、

「……そ、それを言っても、私のこと、食べないですか？」

「食べねえよ！　さっきからオマエ、オレのことなんだと思ってんだ⁉」

「ひぅっ⁉　ど、怒鳴られた……こ、怖い……う、グス……」

なんて言いつつ再びしくしくと泣き始めてしまうので、マグナの良心がチクリとする。

『なぜかこの魔宮《ダンジョン》に詳しい』ことと『ものすごいネガティブ』であること……今のところ、モーガンという少女のことでわかっていることは、それくらいか。

「ひっく……ご、ごめんなさい。私、その、考古学《こうこがく》が好きで……それで、無断でこの魔宮《ダンジョン》に入って、いろいろ調べちゃってました……」

そんな彼女だったが、ひととおり泣き終えると、心底申《もう》し訳《わけ》なさそうに口を割った。

「……なるほどな」

魔法騎士団という言葉を出したときのリアクションからして、そんなことだろうとは思っていた。

遺跡荒らし——魔宮《ダンジョン》の中に無断で入り、お宝を持ち出そうとする不届き者の総称だ。

なにを目的にしていたかは知らないが、彼女もその類《たぐい》の人種なのだろう。

そういった不届き者たちを取り締《とし》まるのも、魔法騎士団の仕事のひとつなのだが……。

「まあ、とりあえずそれは置いといて」

「お、置いといていいんですか⁉」

当たり前のように言うマグナに、モーガンはびっくりしたような声をあげる。

「その……自分で言うのもアレですけど、私、遺跡荒らしみたいなこと、してたんですよ？」

モーガンはガタガタと震えながら目を逸《そ》らし、

「ま、魔法騎士団の人に見つかったら、ひとつ残らず生爪《なまづめ》をはがされた後、鍋《なべ》いっぱいの煮《に》え湯《ゆ》を飲まされるって、聞いていたんですけど……」

「魔法騎士団をなんの集団だと思ってんだよ。べつにそんなんしねえし……っていうか」

マグナとラックは顔を見合わせ、

「オレらも任務外で来てるから、あんまりでけえ声で注意できねえっつーか……そもそもそういうの取り締まるのって、アレだろ？　ちゃんとした魔法騎士団がやる仕事だろ？」

「らしいね。あはは。『黒の暴牛』は、遺跡荒らしごと遺跡をぶっ壊したりしたこともあるから、そういう任務が回ってくることはないけど」

「……く、黒の……暴牛……」

モーガンの顔から、サアッ、と、血の気が失《う》せ、目尻《めじり》に涙が溜まっていった。

「……ひぅ、グス、や、やっぱり、ダメだ。私、さんざんいたぶられた後に、身体《からだ》をバラバラにされて、王都《おうと》のところどころにオブジェとして飾られちゃうんだ……！」

「なんの儀式だよ。そんなんしねえよ……でもまあ、協力はしてもらうけどな」

対するマグナは、ニイッ、と、口の端《はし》を吊《つ》りあげた。

「オマエ、この魔宮《ダンジヨン》を調べてたってことは、中のこと知ってんだろ？　さっきも隠し通路知ってたしよ」

「え、ええ。まあ……」

「だったら、この魔宮《ダンジヨン》の宝物殿《ほうもつでん》までの案内、頼めるよな？」

「………っ」


ヤベェことになっている。それはわかっている。

そんなことを思いながら、モーガンはネガティブになることすら忘れて一歩後ずさる。

彼らが魔法騎士団だと知ったとき、怒られるという不安もあったが、正直安心もした。こんな危険な魔宮《ダンジヨン》をひとりで歩くのに、限界を感じていたからだ。

しかし、彼らは『黒の暴牛』――こんな恵外界のはずれまで悪名《あくみよう》が轟《とどろ》く、ヤベェやつらだ。

正直、そんな人たちと行動を共にするのは遠慮したかったのだが……。

「あはは、ダメだよ。マグナ、そんなこと聞いてどうすんのさ～」

そこで助け船らしきものを出してくれたのは、モーガンの背後にいたラックだ。さっきの柔和《にゅうわ》な態度といい、彼はマトモな話ができる人間のように思える。

そう思い、振り返って彼の顔を見てみると、

「まずは、あのオバケたちのぶっ殺し方……聞かなきゃでしょ？」

「…………」

ラックはマグナ以上にヤベェ笑顔で、瞳孔《どうこう》を全開にしながら、モーガンを見ていた。

「……正直もう、限界なんだよね～。あんな面白《おもしろ》そうな相手が目の前にいるのに、戦えないなんてさ。あはは、ひとつ残らず消《け》し炭《ずみ》にしてもいいんだけど……それだと、魔宮《ダンジョン》が傷ついちゃうかもしれないからさぁ」

「……ひぅ」

そこでモーガンは、ようやく気がついた。

「……じゃあ、知ってること、洗いざらい吐《は》いてもらってもいいかな？」

──自分が目をつけられたのは、オバケ以上にヤベェふたりだということに。

……とはいえ。

「わ……わかりました。私で大丈夫かどうかわかりませんけど……アナタたちの道案内、します。知ってることも全部お話しします」

ある程度の覚悟を固めながら、モーガンはふたりに向けてそう言った。

ヤベェ人たちであるとは思う。しかし、さっきはモーガンを守りながら戦ってくれたし、その後もこちらを気遣《きづか》うようなそぶりを見せてくれた。そこまで無茶苦茶《むちゃくちゃ》をする人たちではないのかもしれない。

そしてなにより、強い。

この人たちなら、もしかしたら……。

「それで……あの、こんなこと言える立場じゃないのはわかってるんですけど……代わりにひとつだけ、お願いを聞いてほしいんです」

ふたりの顔色を窺うようにしながら、モーガンは言った。

「その……この魔宮《ダンジョン》で私が奪われたものを、一緒に取り返してほしいんです」

「……奪われたもの？」

首を傾げるラックに、彼女はひとつ頷いて、

「……私の魔導書《グリモワール》です」

モーガンの話は、以下のようなものだった。

先ほどの言葉どおり、彼女は考古学が好きで、昔から趣味のようにして魔宮《ダンジョン》に足を踏み入れていたのだという。

この魔宮《ダンジョン》でも同じように、罠《トラップ》魔法を外《はず》しながら攻略をしていたのだが、後半になってひ

とつの問題が起こった。

宝物殿を守るゴーレムに、魔導書《グリモワール》を奪われてしまったのだ。

魔宮《ダンジョン》の中には罠《トラップ》魔法のほかに、戦闘用のゴーレムというものが設置されている場合がある。それらは直接的に侵入者と戦闘行為を行い、その存在を排除しようとしてくるのだ。

ゴーレムとの戦闘に負け、おまけに魔導書《グリモワール》まで奪われた彼女は、何日もこの魔宮《ダンジョン》にこもり、魔導書《グリモワール》を取り返す機会を窺っていたのだという。

「……なんつーか、まあ、びっくりするくらい自業自得《じごうじとく》だな」

――あの後。

モーガンは約束どおり、マグナとラックを宝物殿に導《みちび》いていた。

そしてその道すがら、モーガンの抱《かか》えている事情について聞いたマグナはあきれ顔でそうこたえてしまった。

「うぅ……ごめんなさい。この魔宮《ダンジョン》、まだ攻略されてないし、ヤバい罠《トラップ》もあるって噂《うわさ》で……そういうの聞いてたら、ああ、いいなあ、かわいいなあって思っちゃって、つい……」

モーガンはしくしくと泣きながら、なにやらわけのわからないことをのたまっている。

「あはは。でもその気持ちはわかるよ！　相手がヤバいヤツだってわかってても、どんな魔法使ってくれるんだろうって思うと、ついつい殺し合いたくなっちゃうよね！」

「あ、わかります。罠《トラップ》魔法とかでも、これ作動したら絶対死んじゃうだろうなー、とか思ってても、構造を知りたくて、ついつい作動させちゃったりとか！」

「なにヤベェヤツら同士でシンクロしてんだよ。微妙にかみ合ってねえからな、会話」

それをツッコんでいるマグナもヤバくないヤツでは決してないのだが、ともかく。

「まあどのみち、問題はやっぱりあのオバケどもだな。宝物殿に着くまでに、どうしたって相手しなくちゃならねえだろうし」

実際、あの後にも何度かあのオバケたちには襲われている。そのたびにモーガンの案内に
従って逃げ続けているのだが、どこかで決着をつけないといけないだろう。

「はい……でも、すいません。あのオバケたちがなんなのかっていうのは、私にもわからな
いんです」

とはいえ、肝要《かんよう》なその部分は、研究を続けているモーガンにも解明できていないらしい。

「ただ、どういうわけかあのオバケたち、現れたのは最近なんです。私が初めてこの魔宮《ダンジョン》
に入ったときには、あんなのいませんでした……罠《トラップ》魔法とかゴーレムの類だったら、最初
から魔宮《ダンジョン》の中にあったと思うんですけど……」

「あはは。つまりあのオバケたち……本来この魔宮《ダンジョン》には存在しない『なにか』ってこと？」

ラックのなにげない台詞《せりふ》に、マグナは背筋《せすじ》が冷たくなるのを感じた。

そんな言い方をされたら、本当に……。

「たとえば、君がなにかの罠《トラップ》とかを発動させて、あのオバケたちを解放しちゃった、ってこ

とは？」

ビビ……ちょっとびっくりするマグナをよそに、ラックが冷静な意見を述べる。

しかしモーガンは、力強くかぶりを振って、

「断言しますけど、それはないです。今までたくさんの魔宮《ダンジョン》を探索してきましたけど、あんな大規模な罠《トラップ》魔法、発動させたのに気づかなかったことなんて、一回もないですから」

「お、おう……」

妙な説得力を帯《お》びた台詞に、マグナは思わず頷いてしまったが、

「……ところでオマエ、今まで何回くらい、無断で魔宮《ダンジョン》に入ってきたんだ？」

「……まあ、それは置いといて」

ものすごい勢いで目を逸らされた。常習犯の目をしていた。

「それと、おかしい点で言えばもうひとつ……あのオバケが現れる以前は、普通に魔《マナ》の感知もできたんです。私もそうやって、宝物殿にたどり着いたくらいですから」

モーガンが話を（無理やり）本題に戻すと、ラックは考えこむように低くうなって、

「じゃあ、あのオバケたちが感知の邪魔《じゃま》をするようなことをしてる……って、ことかな？」

「だとは思うんですけど……やっぱり、どうすればそれが解決できるのかわからなくて……そもそも、どういう理屈でそうなっているのかもわかりませんし」

「うん。まあ、相手が本物のオバケだったら、理屈なんて通用しないとは思うけど……」

しばらくふたりで難しい顔をする。が、やがてラックがしびれをきらしたように、

「うーん、ダメだ。殺し合いが足《た》りなくて頭回んないよ。ごめんマグナ、三本だけでいいから肋骨《ろっこつ》を叩《たた》き折《お》らせてくれない？」

「甘いものつまむ感覚で人の骨を折りにきてんじゃねえよ……まあでも確かに、頭使うのはそろそろ飽《あ》きたっつーか、オレらしくねえわな」

ついでに言えば、ビビ……そこはかとなく焦るのももうやめだ。これだけエンカウントを繰り返せば、さすがにあのフォルムにも慣れた。

「次にあいつらが襲ってきたら、徹底的にやっちまわねえ？」

凶悪な笑顔を浮かべつつ、マグナは言う。結局は最初に話した内容と変わらないが、けん制で魔法を放っているうちに、この魔宮《ダンジョン》がなかなか頑丈《がんじょう》なこともわかってきた。

ちょっとくらい本気を出したって、簡単に壊れはしないだろう。

「……だね。ちょっと僕も、マジで我慢《がまん》できなくなってたとこだし」

ラックも同じことを思っていたらしく、フラストレーションを感じさせる声で言う。

その様子を見ていたモーガンは、顔面を真《ま》っ青《さお》にしながら、あからさまな作り笑顔で、

「じゃ、じゃあ、次にエンカウントしたら、私は別行動ということで……」

「言っとくけど、そうなったらたぶん、逆にオレらの周りが一番安全だぞ」

「……ひぅ」

そのまましくしくと泣き始めた。マグナは苦笑気味《くしょうぎみ》に彼女の背中を叩きながら、

「泣くなよ。いままでいろんな魔宮《ダンジョン》に入ってきたんだろ？　今回も根性みせろよ」

「ぐす……いままで行ったどんな魔宮《ダンジョン》より危ない気がします」

罠《トラップ》魔法やゴーレムではなく、同行者のふたりが。

「つつーかオマエ、マジで今までどれくらいの魔宮《ダンジョン》に入ってきたんだ？　怒らねえから言ってみろよ」

「え、えーっと……」

マグナのその質問に、モーガンは再び視線を逸らしながら、

「よ、四十くらいでしょうか？」

マグナはモーガンにチョップした。

「ひぅっ⁉　お、怒らないって、ゆったのに⁉」

「程度によるわ！　オマ、四十って……下手《へた》な魔法騎士団員より入ってんぞ、それ！」

少なくともマグナよりはずっと多い。というか、そんなにあるものなのか、魔宮《ダンジョン》って。

「ご、ごめんなさい、ごめんなさい！　いろいろな魔宮《ダンジョン》の噂を聞いて、見境《みさかい》なしに入ってるうちに、いつのまにかそんな数に……が、眼球を握《にぎ》り潰《つぶ》さないでください！　お願いします！」

「……眼球を握り潰しはしねえけど、今回で最後にしとけよな。見つけたのがオレらだったた

からアレだけど、他の騎士団だったら、確実に捕まるヤツだぞ」

「あはは。ま、それもあるし、単純に危ないからね。今回は魔導書《グリモワール》だけですんだけど、命とかとられたらシャレになんないからさー」

「……はい」

ふたりからのお叱《しか》りを受けて、モーガンは心底から反省をしたように ひとつ頷く。

言いすぎたか？　と、マグナは思ったが、次の瞬間にはモーガンは元の調子で笑って、

「でもどのみち、今回の攻略で最後にしようと思ってたんです……もう、きょうだいたちも大きくなって、私がこういうことをしてお金を稼《かせ》ぐ必要もなくなりましたから」

「……お金を稼ぐ？」

小首を傾げるマグナに、モーガンは申し訳なさそうに苦笑しながら、

「はい。魔宮《ダンジョン》のマップを描《か》いて、魔法騎士団に持っていくと、いくらかで買いとってもらえることがあるんです。私、セータンっていう恵外界の村の生まれで、ほかに取《と》り柄《え》もないから、そうやって小金を稼いで、生活費の足しにしてました」

「……ああ」

先述のように、魔宮《ダンジョン》に民間人が入ることは固く禁止されている。だが騎士団サイドとしては、未攻略の魔宮《ダンジョン》を調査する際、その詳細《しょうさい》な地図が欲しい、というのが正直なところだ。ミモザやラックのように探索系の魔道士《まどうし》がいれば話は別だが、そういったスタッフがいない

とき、やはり地図は重大な役割を果たすのだ。

　モーガンが未攻略の魔宮《ダンジョン》の地図を描き、それを騎士団が買いとる。おそらくはそういった非公認のやりとりが行われていたのだ。悪いことのように聞こえてしまうが、利害関係が一致しているのだから、それはそれでアリなのだろう。暗黙の了解というやつだ。

「うち、お父ちゃんが早くに死んじゃって、お母ちゃんも身体が弱くて……それでいてきょうだいだけは多いもんですから、えへへ、私がお金を稼ぐしかなくて」

「そうだったんだね……えっと、平界《へいかい》のほうに出稼ぎとかっていうのは、難しかったの？」

　珍《めずら》しく気を遣うような言い方をするラックに、マグナはサングラスを押しあげながら、

「恵外界の生まれ、ってだけで、平界では就職先見つけるのもひと苦労なんだよ。平界の生まれのヤツにはピンとこねーだろうけどな」

　たいして面白くもなさそうに、言った。

「下民《げみん》は魔力が弱っちかったり、なにに使うんだってくらいへんてこな魔法だったりして、働き手として不十分だって判断される場合が多いんだ。平界に出稼ぎに行こうとしても、どこにも雇《やと》ってもらえずに、滞在費だけが無駄になる……ってパターンだってザラなんだよ」

　もっとも下民のほとんどは、その滞在費すらも出せないほどの台所事情なのだ。

　かといって、恵外界だって仕事にあふれているわけではない。モーガンのように幼い家族が多ければ、その日食べていくのだって苦労するに違いなかった。

「それで働き口に困って、コイツみてーに危ないことして金を稼ぐしかなくなるヤツもいる……ってこったな」

どこか申し訳なさそうにそう告げてから、マグナはモーガンの頭に手を置いた。

「オレも下民だから、そういうのよくわかるぜ。魔導書《グリモワール》を奪われたのは自業自得……なんて言って悪かったよ。オマエにもいろいろあるんだな」

「マグナさん……」

不器用なその気遣いに、モーガンは思わず彼の名を呼んだ。

「ありがとうございます……で、でも、ごめんなさい。そういう事情があるのも本当なんですけど……やっぱり私、好きでこういうことしちゃってる、っていうのも大きいんです」

申し訳なさそうに告げてから、彼女は悲しげな目をして、

「私、本当になんの取り柄もないし、ヘタレだし……さっきの話じゃないですけど、魔法も本当にへんてこなんです。被覆《ひふく》魔法《まほう》って言うんですけど、物体を魔法でコーティングして、強度をあげたり、質量をかさましするっていう、ただそれだけの魔法で……」

……なるほど。使いようによるのかもしれないが、それでは確かに、仕事に活《い》かせるようなものではないのかもしれない。

「それに泣き虫だし、頭悪いし……ブスだしおっぱい小さいし、足短いし歯並び悪いし、スキップできないしコーヒー飲めないし、気がつくと変な絵を描いてるし……グス」

「オ、オイ……もうそのへんにしとけよ。悪かったよ。よくわかんねえけど、オレが悪かったから」

際限《さいげん》なく吐き出されるネガティブに、マグナは待ったをかけた。それらの短所は気にする必要はないが、とりあえずネガティブだけは早急になんとかする必要があると思う。

「……でも、こんな私でも、魔宮《ダンジョン》攻略だけは、ほんのちょっとだけ上手《じょうず》にすることができたんです」

ぐしぐしと涙をぬぐってから、モーガンは少しだけ嬉《うれ》しそうに笑った。

「私なんかでも、きょうだいとか、魔法騎士団の人とか、誰かの役に立つことができるんだって思ったら、えへへ、嬉しくて……それで、良くないこととは知ってたんですけど、定期的に入っているうちに、どんどん好きになっちゃったんです」

「……なるほどな」

ネガティブでヘタレのくせに、魔宮《ダンジョン》攻略が趣味。矛盾《むじゅん》しているとは思っていたが、そういう事情があってのことらしい。

「あ、で、でも、さっきも言ったみたいに、きょうだいたちも働ける年になったので、本当に魔宮《ダンジョン》攻略はこれで最後にします……」

「まあ、そのほうがいいな。楽しみを奪うみたいでアレだけど、やっぱり危ねえからさ」

名残惜《なごりお》しそうに言うモーガンに、マグナは小さく苦笑しながら、

「っていうか、そんだけの度胸《どきょう》と行動力があれば、取り柄になるようなことなんて、他にいくらでも見つかるだろ。なんか違う趣味探して、他人様《ひとさま》の役に立っていけよ」

そんなふうに励《はげ》ましの言葉を放ったのだが、モーガンは目尻に涙を溜《た》めながら、

「……って、ていうことは、やっぱり現時点では私なんて、誰の役にも立っていないゴミクズってことですよね……ごめんなさい。私なんかが服を着て歩いていて、ごめんなさい」

「うん。わかった。やっぱりオマエ、早急にネガティブ直せ」

モーガン自身のためではなく、周りにいる人間のために。

「……へんてこな魔法……危ないことをして、お金を稼ぐ……」

そんなふたりのやりとりをよそに、ラックはなにやら考えこむようにしてブツブツと言い、
やがてなにかを思いついたように、ポン、と手を打ち、モーガンのほうを向いた。

「……ああ、なるほど」

「ねえ、モーガンちゃん。きみ、ここ最近……っていうか、オバケが出るようになってから、近づいてない場所ってある？」

「……え？」

唐突《とうとつ》なその質問に、モーガンはキョトンとした顔をしてから、

「えっと、狙《ねら》われると困るので、あんまり派手には動かないようにしてますけど……とりあえず、宝物殿の近くには一回も行ってないです。私の魔導書《グリモワール》を奪ったゴーレムがいるかもし

れないですから、怖くて……」

「そっか。で、その宝物殿にたどり着くまでの間、罠《トラップ》魔法をたくさん外したんだよね？」

「……はい」

「なるほどね……」

「……オイ、なんだよ、なにがなるほどなんだ？」

しびれをきらしたようにマグナが訊ねると、ラックは再び考えこむようなそぶりで、

「最低でも五……いや、六人かな。まあでも、もっといるだろうけど」

それだけ言うと、マグナに向き直り、

「……あはは、なんか、オバケの正体、わかっちゃったかも」

い、いいいいいいいいいいいい
ひどくつまらなそうな様子で、そう答えた。

「オマエ、それ、どういう……!?」

ことだ？　と、マグナが聞こうとした、その直後、

「「「ゲェガアアアアァァァァァアァッ」」」

件《くだん》のオバケたちが、黒い煙とともに姿を現した。

しかも先ほどと同じ、前後からの挟み撃ちだ。逃げ場となるような小部屋もないし、隠し通路らしきものも見当たらない。

「……このタイミングでかよっ！」

徹底的にやり合う、という方針は決めたものの、さすがに場所が悪い。一本道の通路では全力が出しづらいし、モーガンを守りながら戦うのは難しいからだ。

あるいはこういう場所に来るのを見計《みはか》らって、攻撃をしかけてきたのかもしれない。

「ラック！　テメエは後ろをやれ！　オレは前の連中をぶっ飛ばす！」

とはいえ、戦わないという選択肢《せんたくし》はない。マグナはラックに向けてそう言い、自身も魔法を放つ構えをとったのだが……。

「いや、前の連中に向けて、ひたすらつっこもう！」

指示を上塗《うわぬ》りするようにしてラックが告げ、正面の一団に向けて突進していってしまった。

「って、オイ⁉　強行突破かよ⁉　いくらなんでも無理やりすぎんぞ‼」

マグナはモーガンを引き連れてその背を追うが、ラックはいっさいスピードを緩《ゆる》めることなく、魔法を放つ構えに入って、

「いいから、言ったとおりにして‼」

「……わかった！」

決して納得したわけはない。しかし、ヤケを起こして返事をしたわけでもない。

確かにラックは無茶苦茶するヤツだが、戦闘に関しての勘《かん》は凄《すさ》まじい。

そんな彼が、確信めいた口調でそう言っているのだ。言うとおりにする理由は十分だった。

「オイ、モーガン！　オレの腰つかんでろ！　絶対離すんじゃねえぞっ‼」

「ひぅぅ……や、やっぱり、ついてくるんじゃなかったあァァァッ!?」

なんていう悲鳴をあげながらも、しっかりとしがみついてくるモーガンを確認し、マグナは前を向いた。すると、わずかに振り返ったラックが、いつもの調子で笑いながら軽く頷く。こちらも軽く顎《あご》を引く。目の前の敵を見る。

そして、

「「〝炎雷爆尽砲《えんらいばくじんほう》〟」」

ズガァァァァンッ！

ふたりの放った合体魔法《がったいまほう》は、轟音《ごうおん》とともにオバケたちに着弾《ちゃくだん》し、先頭集団を蹴散《けち》らした。

マグナとラックによる至近距離からの同時攻撃〝炎雷爆尽砲《えんらいばくじんほう》〟。本来であれば全身全霊の魔力を込めて放つ技だが、今は温存のために出力を調節した。

それでもその威力はこのとおり。一撃で前衛《ぜんえい》にいたオバケたちをバラバラにし、その余波によって中衛《ちゅうえい》すらも吹き飛ばす。まさに一撃必殺の決め技なのだ。

が、先ほどまでと同じように、ガイコツ兵もデュラハンもすぐに復活してしまう。依然《いぜん》としてダメージは負っていないように思えるのだが、

「オラオラァッ！　〝爆殺散弾魔球《ばくさつさんだんまきゅう》〟〝爆殺散弾魔球《ばくさつさんだんまきゅう》〟〝爆殺散弾魔球《ばくさつさんだんまきゅう》〟ウウウッ！」

「あは、あははは！　〝迅雷《じんらい》の崩玉《ほうぎょく》〟〝迅雷《じんらい》の崩玉《ほうぎょく》〟〝迅雷《じんらい》の崩玉《ほうぎょく》〟〝迅雷《じんらい》の崩玉《ほうぎょく》〟!!」

そんなことはおかまいなしに、城を攻め落とすかのような勢いで魔法をぶちこみまくる。

ガイコツ兵の骨の一部が粉々《こなごな》になり、あるいは炭化《たんか》し、デュラハンの鎧も砕け散る。攻撃速度が再生速度を上回り始めたのだ。

すると……、

「「「ゲェガアァ……ゲ、ガッ⁉」」」

叫び声にわずかな変化が生じた。

それでもふたりは進撃をやめない。それどころか勢いを増しながら、オバケの軍勢の中へ突貫《とっかん》していった。

そして、後衛《こうえい》あたりまでをきり崩《くず》したところで、

「「「ゲェガアァ……ゲガ……ちょっ、なんだよ、なんで止まんねえんだよ、コイツらっ⁉」」」

オバケたちの叫び声が、人間の叫び声に、変わった。

「あはは、見ぃつけたぁ」

この瞬間を待っていた、とばかりにラックが飛びあがり、声のしたほう——オバケたちのさらに後方へとすっ飛んでいった。

「ヤベッ、ヤベッ！　こっち来たぞ、オイ、どうすんだよっ⁉」

「し、知らねえよ！　テメエが変な声出すから悪《わり》ぃんだろ⁉」

黒い煙の中に身を隠していたのは、数人の男たち。

全員が薄汚《うすぎたな》いローブに身を包み、いかつい顔立ちをしている。山賊《さんぞく》や盗賊《とうぞく》、といった言葉がしっくりくるいでたちの、ガラの悪い連中だ。

そしてその全員が、魔導書《グリモワール》を開いていた。

「あはは。やっぱり……ね！」

その姿を確認するとともに、ラックは彼らの足元に雷の球《たま》を叩きこんだ。

「「うお、うおおおおおおっ⁉」」

彼らがあっさりと吹っ飛ばされるのと同時、オバケたちも糸が切れたみたいに動きを止め、ガラガラと音を立てて崩れ去っていった。

「はぁ……は……なるほどな」

あがった息を整《ととの》えながら、マグナもラックのほうへと歩み寄っていった。

ついでに腰にモーガンがしがみついていることも確認する。彼女は白目を剝《む》きながら「ごめんなさい、ごめんなさい。もう悪いことしません、豚の餌《えさ》にしないでください……」などとブツブツ言っているが、意識はあるようなので大丈夫だろう。トラウマにはなったろうが。

「こいつらが、このオバケどもを操《あやつ》ってた……ってことで、いいんだよな？」

「あはは。たぶんね～」

あっさりと言いつつ、ラックは男たちを見回す。

「さっきマグナが『へんてこな魔法』って言ってたじゃない？　そういう魔法を組み合わせ

れば、たとえばこういうこともできちゃうんじゃないかな～？　なんて思ったんだけど、あはは、正解だったみたい」

そんな話をしつつ、男たちに近づく。

彼らも派手に吹き飛ばされはしたものの、一応意識はあるようだ。

「……まあ、そのへんはもう、どうでもいいんだけどよぉ」

マグナはそのうちのひとり——禿頭《はげあたま》の男の前にヤンキー座りをし、ラックはその背後でコキコキと首を鳴らした。

「さんざんオレらのこと追いかけ回した落とし前は、きっちりつけねえと……な」

「あはは……だね」

「……っひ」

言うまでもなく、ふたりとも、ヤベェ目つきをしていた。


「……じゃあオマエらは、この魔宮《ダンジョン》に入ってきた遺跡荒らしで、オレらをここから追い出すために、あのオバケたちを使って追い回してた……って、ことでいいんだな？」

「……はい」

ボッコボコにぶん殴《なぐ》られ、縄《なわ》で身体をグルグル巻きにされた彼ら——遺跡荒らしたちは、床の上に正座をさせられ、マグナとラックの質問に答えていた。

「声が小せぇぇぇぇぇェェェェッ‼」

「「は、はい！　すいませんでしたっ‼」」

彼らがいまいるこの場所は、宝物殿付近にある広めの部屋だ。

遺跡荒らしたちは、モーガンが入ったルートから魔宮《ダンジョン》に侵入し、ここにベースキャンプを設営していたのだという。そうして宝物殿のお宝を運び出そうとしていたとき、ラックとマグナが魔宮《ダンジョン》に入ってきたので、追い出すためにオバケで追い回した……というわけだ。

ちなみに、モーガンの入ったルートから彼らが侵入した、という事実を聞いたとき、彼女は気まずそうに『あはは……わ、私の魔導書《グリモワール》を奪ったゴーレムを探してきまーす』と言いながら部屋を出ていったのだが、逃げたら食べると言い含めてあるので、そのうち戻ってくるだろう。

それはともかく、

「ふ～ん。やっぱり、骨とか鎧とかを操作魔法で操って、オバケを作ってたんだね～……あはは、予想どおりとはいえ、バチあたりなことしてくれるじゃない」

部屋の隅《すみ》にうず高く積まれた、古めかしい遺骨や全身鎧。それを眺めつつ、ラックは冷めた笑みを浮かべている。

魔宮《ダンジョン》には、過去に攻略に挑戦した者たちの遺骨や、彼らが身に着けていたものなどが残されていることも多い。

遺跡荒らしたちはそれらを利用し、ガイコツ兵やデュラハンを作りあげていたようだった。

「そんで、拡声魔法《かくせいまほう》でオバケっぽい叫び声出したり、煙魔法《けむりまほう》でオバケっぽさを演出したりって……ったく。手のかかったことしてくれやがって。テメエらオバケ劇団かよ」

「…………………」

「……今のは笑うところだろうがああああァァァァッ!!」

「「「あは、は……あはは、あはははははっ!」」」

なんていう地獄のやりとりはともかく、遺跡荒らしは全部で九名。彼らはおのおの持つちなみに、魔《マナ》の感知ができなかったのも彼らの仕業《しわざ》だ。魔力かく乱魔法《ジャミングまほう》という、局所的に魔《マナ》の流れを乱す魔法を、彼らのひとりが使っていたからだという。

『へんてこ』な魔法を組み合わせて、複合魔法のようにしてオバケを作っていたらしい。

それでいて向こうは魔《マナ》の感知は有効だった。だからこちらの居場所を把握し、狙いすましたような襲撃を可能としていた、ということらしい。

……まあ、なんにせよ。

「さんざん騒いじまったけど……なんだよ、ただ悪党のオッサンたちが集まって、魔法で鎧やら骨やらを操ってた……ってだけかよ、わかったでしょ?」

「あはは。僕がつまんなそうな顔してた意味、わかったでしょ?」

未知のなにか、とか、本来いないはずのもの、だとか、いろいろ想像してしまったものの、蓋《ふた》を開けてみればこのとおり、敵はいつも相手をしているような小悪党だったのだ。今までの苦労と時間はなんだったのかと、むなしい気分になってしまう。

「で？　宝物殿からパクったお宝はどこだよ？　もう運び出した、なんて言うなよな？」

「い、いや！　違うんす！　オレらまだ、宝物殿に入れてすらいないんです！」

威嚇《いかく》するようなマグナの質問に、遺跡荒らしたちは必死に首を横に振る。

「た、確かに入ろうとはしました！　でも、扉には鍵もかかってるし……それに、入ろうとするたびに、邪魔《じゃま》が入って……」

「……邪魔？」

「――マグナさーん！　ラックさーん！」

と、そこで部屋へと入ってきたのは、なにやら焦った様子のモーガンだ。

「……っひ!!」

それと同時に、遺跡荒らしたちはいっせいに目を見開いて、

「あ……コ、コイツです！　宝物殿の入り口に近づくと、コイツが襲ってきたんです!!」

モーガンの顔を見ながら、そう言った。

「……は？」

ラックとマグナは呆《ほう》けたような顔をしながら、モーガンのほうを振り向き……。

そして、気づいた。

「わ、わたしの魔導書《グリモワール》を奪ったゴーレム、見つけました！　っていうか……」

遺跡荒らしたちが見ていたのは、モーガンではなく、

「いまそいつに、追いかけられてますぅぅぅぅウウウッ!!」

『――魔力反応ヲ、感知《カンチ》シマシタ』

モーガンの背後にいる、二メートルはあろうかという、黒いガイコツだということに。

「伏《ふ》せろ、モーガンッ!!」

それを理解した瞬間、すでにマグナは炎の球《たま》を振りかぶっていた。ラックも同様に雷の球を構えている。

「あ、こ、攻撃したら……！」

モーガンはなにやら言おうとしたが、ふたりの様子を見てとり、とっさに頭をかばいながら身を屈《かが》める。その直後、ラックとマグナは黒いガイコツに照準を合わせて、

「炎魔法《ほのおまほう》〝爆殺豪炎魔球《ばくさつごうえんまきゅう》〟！」

「雷魔法《かみなりまほう》〝迅雷《じんらい》の崩玉《ほうぎょく》〟」

ふたりの放った炎と雷の球は、モーガンの頭の上を飛びこえ、ガイコツを直撃する。その巨大な身体は一回転して吹き飛び、頭蓋骨《ずがいこつ》を壁にめりこませた。

「よっしっ！」

至近距離にモーガンがいたので威力は落としたが、確実に急所は捉えたし、タイミングも

完璧だった。相手が誰であろうと、無事ではすまない一撃だったに違いない。

「……ダ、ダメなんです……！」

ラックとマグナがそんなことを思っていると、身体を屈《かが》めていたモーガンが、なぜか涙目になってふたりのことを見あげ、

「……このゴーレム、むやみに攻撃したら、ダメなんです！」

「……は？」

と、もう一度ふたりが疑問符を浮かべた、そのとき、

『魔法攻撃ヲ、受容《ジュヨウ》シマシタ。解析《カイセキ》ヲ開始シマス』

岩壁から頭を抜きとりながら、ガイコツは不気味なほど甲高《かんだか》い声を発して、

『解析完了。雷魔法及ビ炎魔法。推定出力40パーセント。痛ミヲ記憶シマシタ』

キュイン、と、落ちくぼんだ眼窩《がんか》に銀色の光を灯《とも》し、両腕を突き出した。

そして、

『痛ミヲ、返シマス――炎魔法〝爆殺豪炎魔球《バクサツゴウエンマキュウ》〟及ビ、雷魔法〝迅雷《ジンライ》ノ崩玉《ホウギョク》〟』

ズガガガガガガッ!!

けたたましい発射音とともに射出《しゃしゅつ》されたのは、雷と炎の球。

先ほどラックとマグナが放ったものと、まったく同じ魔法攻撃だった。

「はあああァァァァッ!?」

今度こそビビッたような声をあげながら、マグナは攻撃をかわして部屋の外へと退避する。ラックもモーガンを回収すると、同じように部屋を脱出した。

「う、うお、うおおおォォォォッ!!」

「があああっ！　ちょ、縄っ！　せめて縄、ほどいて……っ!!」

そのせいで、部屋の中はけっこうな大惨事《だいさんじ》になっていたのだが、まあしょうがない。直撃された者はいないようだったし、死にはしないだろう。たぶん。

それに、マグナたちが部屋から出た瞬間、ガイコツは銀色の目でこちらを捕捉《ほそく》し、すぐさま追ってくる構えを見せた。

ターゲットはあくまで自分たち、ということらしい。

「どういうことだよ、モーガン！　なんでコイツ、オレらと同じ魔法使ってんだよ!?」

ガイコツから逃げつつ、少し遅れて走るモーガンに訊ねる。彼女はひどく怯えた様子で、

「ご、ごめんなさい、言おうと思ってたんですけど、あのゴーレム、そういう仕様《しよう》みたいで……受けた攻撃を、そっくりそのまま返してくるんです！」

その声は震え、目尻に涙が溜まっている。魔導書《グリモワール》を奪われたとき、よほど怖い目にあわされたのだろう。

「ひっく……し、しかも、一度受けた攻撃には抗体《こうたい》みたいなものができるらしくて、同じ攻撃をしても、もうそれが効《き》かないんです……それ以上の威力で攻撃しても、またすぐに抗体

が作られちゃうし……グス、それで、私もやられちゃって……」

　コピー能力――ネアンの洞窟《どうくつ》にて、ヤミ団長がそんな手合いと戦ったと言っていた。一度撃った攻撃が効かなくなるということは、あるいはそれより強敵かもしれない。

　つまり、ヤミ団長が苦戦した相手よりも強い可能性がある……と。

「ご、ごめんなさい。ヒック。偵察だけして戻ってくるつもりだったんですけど、鉢合《はちあ》わせになっちゃって……グス。それで、ここまで追いかけられて……」

「マジかよ……」

　モーガンの謝罪もロクに聞かず、マグナも震える声でそうつぶやいていた。

　宝物殿には入るつもりだったので、どのみちこのガイコツとは戦うことになっていただろう。しかしいまは、偽《にせ》オバケたちの相手をした後で、魔力も体力も万全とは言えない。薬草も食べたし、多少は休憩できたものの、ふだんの六～七割前後の力しか出ないだろう。

「この状況で、そんなヤツと戦っちまったら……」

　少しだけ振り返ったマグナは、こちらを追走《ついそう》してくるガイコツを見ながら、

「……間違いなくオレたち、レベルアップできちまうんじゃねえか、オイ!?」

　武者震いをしながら、嬉々《きき》としてそう叫んだ。

「え、い、いや、レ、レベルアップって……!?」

　この期《ご》に及んでなにを……と、モーガンは思ったが、ラックもマグナと似たようなテンシ

ヨンで、

「あはは！　そうだねそうだね！　偽オバケで欲求不満だったところだし、早いとこヤろ！」

なんてことを言うと、ワクワクするようにしてモーガンに顔を向けた。

「ってわけだから、モーガンちゃん！　どっか広い部屋に案内してよ！　どこでもいいから、アイツと思いっきりヤり合えるところ！」

「そんで、案内したらオマエはどっか逃げてろ！　コイツぶっ倒したら迎えに行くからよ！」

「い、いやっ、でも！　やっぱり、いったん逃げたほうが……!!」

「あとオマエ、いいかげん、いちいち泣くのやめろ」

マグナは見かねたように苦笑《にがわら》いをしながら、

「そんなもん時間の無駄だ。泣いてる時間と体力で、この状況をどうにかする手段を考えろ。オマエ、オレらと違って頭いいんだから、そうしねえともったいねえよ」

「…………！」

……確かに。

今までモーガンは、なにか問題に直面するたびに、立ち止まり、悩み、泣き、誰かの助けを待っていた。魔宮《ダンジョン》攻略だけは誰にも頼らずにやり遂《と》げる自信があったが、それも一度躓《つまず》いてしまえばこのとおり。マグナとラックに頼りっきりになってしまった。

……だが、

「……ひぅ、グス」

最後に大きく鼻をすすると、モーガンは決意を固めたようにガイコツを睨みつけてから、

「……このまま、まっすぐ行きましょう」

こんな自分にだって、できることがある。

「そうすると宝物殿があるんですけど、その前に大きな部屋があります。そこはたぶん、この魔宮《ダンジョン》で一番頑丈な造りのはずですから、いっぱい暴れてもへっちゃらだと思います」

役目を与えてくれる人たちが、いる。

だったら、

「それと……わ、私も戦わせてください！　邪魔はしません！　遠くで見て、サポートしたり、弱点を見つけたりします！」

泣いたりヘタレたりしているのではなく、自分にできることを探し、それを果たせるように頑張らなければ、ダメなのだ。

そうしなければ、いつまでもこのままなのだ。

「……そうかよ！」

モーガンの思いをどこまで汲《く》んだかは知れないが、マグナはニヤリとしながら、

「言ったからにはやれよ！　少しでもヘタレたこと言ったら、食べちまうからなっ!!」

「はい！」

そうして、宝物殿前の部屋へと飛びこんでいった。

部屋に入り、モーガンが隅《すみ》っこへと走っていくのを確認すると、ラックは振り向きざまに
「雷魔法〝迅雷《じんらい》の宝玉《ほうぎょく》〟！」

雷魔法の一撃を放つ。

ガイコツは雷の球の直撃を食らうが、今度は動きを止めることすらせず、再び雷と炎の球を放ち始めた。

「あはは、すごいや！　同じ攻撃しても、ホントに効かないんだね！」

そのすべてをかわしながらラックが笑うと、マグナも挑戦的な笑みを浮かべて、

「ああ……そんで、それ以上の威力で撃っても、抗体が作られちまうんだっけか？」

しかしその笑顔に、少しだけ汗をにじませた。

「威勢のいいこと言っちまったけどよ……そんなヤツ、どうやって攻略すりゃいいんだ？」

同じ威力の攻撃は通じない。かといって、それより強い威力で攻撃をしても、すぐに抗体が作られて、その攻撃も効かなくなってしまう。

それでは、どんな攻撃も効かなくなってしまうということではないだろうか？

「すごいよねえ、一生戦ってられるってことじゃん！　一家に一台欲しいよ！」

戦闘狂にとっては嬉しい機能らしいが。

「ま、冗談はともかく……さすがに、どんな攻撃にも抗体ができちゃう、ってことはないと思うんだ。全身がバラバラになるくらいの攻撃をすれば、抗体を作るもなにもないでしょ」

「いや、簡単に言うけどよ……」

魔法攻撃を避《よ》けつつ、マグナはガイコツを観察する。ガイコツがなにでできているかは知らないが、手ごたえからして相当固いということはわかっていた。それに加え、全身をバリアのような魔力で覆《おお》っているのだ。そう簡単に破壊できるとは思えない。

「まあ、簡単ではないよね。でも、僕たちの合体魔法……アレを、隙ができた瞬間に叩きこめば……たぶん、いけると思う」

「たぶん、かよ」

マグナは思わず悪態《あくたい》を吐《つ》くが、ラックは戦闘の天才だ。

その分析に根拠《こんきょ》はないかもしれないが、彼の感覚は信頼できる。

「うん。でもそうするには、もうちょっとダメージを蓄積《ちくせき》させてからのほうがいいと思うんだよねえ」

「……へへ、じゃあ結局、ゴリ押しか」

ある程度魔法攻撃を加えた後に、大技《おおわざ》の一発を叩きこむ。

そこまでのことをする魔力が残っているか、お互いにだいぶ怪しいところだったが……。

「……オレたちらしいな、そういうほうが！」

「でしょ！」

短いやりとりを終えてから、互いの顔を見てニヤリとする。

意思の疎通は、それだけで十分だった。

「よっしゃあああァァァッ！　反撃開始だ、ガイコツ野郎!!」

自分を鼓《こ》舞《ぶ》するようにして吠《ほ》えながら、マグナはバットのような炎魔法〝愚乱怒守羅夢《グランドスラム》〟を手にする。

お互いがどう動くべきかは、打ち合わせなどしなくてもわかっていた。

「雷創成魔法《かみなりそうせいまほう》〝雷神《らいじん》の長靴《ながぐつ》〟！」

叫ぶのと同時に、ラックの足元に雷が凝集《ぎょうしゅう》し、靴のような形を成《な》した。それによって生み出される推力を利用し、魔法攻撃の間を縫《ぬ》うようにガイコツへと接近して、

「あははは！　こんなのはどうかなあ!?」

突進の勢いが乗ったドロップキックを、ガイコツの顔面《がんめん》へとお見舞いした。

『魔法攻撃ヲ、受容シマシタ。解析ヲ開始シマス』

ガイコツは地面をバウンドしながら吹き飛ぶが、先ほどと同じようなことを言いながら立ちあがる。そのまま魔法攻撃を放とうとするが、

「させねえよ」

その背後にはすでに、マグナが回りこんでいる。

「ッシャオラアアアァァァッ！」

ゴギャッ!!

フルスウィングされた愚乱怒守羅夢《グランドスラム》は、ガイコツの後頭部をぶっ叩き、その身体を前のめりに一回転させた。ズダンッ！　とガイコツが倒れこんだ地面には、大きなひびが刻《きざ》まれる。

『魔法攻撃、ヲ、受容シ、マシタ。解析ヲ開始、シマ……』

「か～ら～の～……ドォーンッ!!」

それでも立ちあがろうとするガイコツを、飛ぶようにやってきたラックが蹴りあげる。きりもみしながら宙を舞うガイコツに、雷をまとわせた拳《こぶし》を叩き入れた。ミシッ！　と、なにかがきしむような音とともに、さらに身体が打ちあがる。

『魔法ココ、攻撃ヲ受容シ、シシマシタ。解析ヲヲ、ヲ開始シマ、シ、マ……』

「マグナ！　いま！」

「炎拘束魔法《ほのおこうそくまほう》〝炎縄緊縛陣《えんじようきんばくじん》〟」

ラックの合図に合わせて、マグナは炎の球をガイコツに投げ放つ。

着弾したそれは炎の縄へと変わり、瞬《また》く間にガイコツの身体を拘束《こうそく》した。

その隙にふたりの呼吸を合わせ、宙を舞うガイコツへと照準を定《さだ》めるが……。

『イイイ、痛ミヲ、カカ、カ返シマ、ス』

「!!」

ガイコツは炎の縄を断《た》ち切《き》り、空中で体勢を立て直すと、ふたりのほうへ両腕を向けた。

その手のひらには、雷と炎の球が生成されていく。

かわせる距離ではない。防御もできない。合体魔法を繰り出すのもギリギリ間に合わない。

まずい、と、ふたりの脳みそが知覚した、そのとき、

「わ、私の魔導書《グリモワール》、返せえええええエエエッ！」

ボコン！　と、石に魔力をコーティングしただけの攻撃が、ガイコツの横っ腹に直撃した。

それを成したのは、モーガン。

いつの間にかこちらにやってきた彼女は、ガタガタと震えながらも、魔力攻撃でサポートしてくれたらしい。

もっともその攻撃は、ガイコツの腕を少し反《そ》らした程度だ。ダメージなど皆無《かいむ》だが、

「……でかした、モーガン！」

ふたりが『溜め』をする時間は、充分に稼いでくれた。

「「――〝炎雷爆尽砲《えんらいばくじんほう》〟!!!」」

ズギャアアアアアッ!!

至近距離から放たれた炎と雷の砲弾は、激しい閃光《せんこう》とともにガイコツの胴体を食い破り、その身体をバラバラに吹っ飛ばした。

「ひぅうううううぅっ!!」

部屋全体が激しく鳴動し、ついでにモーガンもコロコロと吹き飛んでいく。

この頑丈な部屋でなければ、衝撃波で壁やら天井やらが崩落《ほうらく》していたかもしれない。

それほどまでに威力を高めた一撃だったのだ。これで倒せなかったらと思うと、さすがにゾッとする。

……と、安心しかけた、そのとき、

『……マ、マ、マ魔法、魔法、魔法、攻撃、ヲヲヲ、受容シ、シシマ、シシママ』

「!!」

半分焼《や》け焦《こ》げたガイコツの頭蓋骨が、カタカタと動きだした。

見れば、その周囲にある骨も、ゆっくりと頭蓋骨に向けて集まり始めている。

「マ……ジか!?　え、コイツ、あの偽《にせ》オバケみてーに、再生すんのか!?」

「あはは。うーん。そうみたいだねえ。でももう、さすがにあと一発くらいで機能停止すると思うよ」

「なに悠長《ゆうちょう》に言ってんだよ!?　もう一発ったって……もう、魔力残ってねえぞ!」

放てたとしても、お互いに通常の魔法をもう一発くらいが関《せき》の山《やま》だ。しかも、どの魔法攻撃もすでに撃ってしまっている。相手も瀕死《ひんし》とはいえ、それで通用するかどうか……!?

と、焦り始めたマグナだったが、

「あはは、なに言ってるの、マグナ？」

ラックはやはりのんきな口調でマグナの肩に手を置き、

「……僕たちの合体魔法、もうひとつあるじゃない？」

不吉なことを言いながら、肩をつかむ手に力を込めた。

「……オイ、オイ！　なにするつもりだ、テメエ!?」

「あははは。なにって、合体技だよ。炎雷爆尽砲《えんらいばくじんほう》よりも先に完成した技、あるじゃん」

「いや、アレは合体技っつーか、損《そん》するのオレだけっつーか……きゃあっ！」

両肩をがっちりとつかまれる。全身がじわじわ感電していく。ラックはヤベェ目をしながらニヤニヤ笑っている。

――そして、

「〝ビリビリマグナタイフーン〟!!!」

「なんでだあああああァァァッ!!」

ものすごい勢いで回転しながら、マグナは頭蓋骨へとつっこまされていった。


「あ、あの……マグナさん。本当にもう、動いて平気なんですか？」

「……おう」

モーガンが心配そうに訊ねると、マグナはゲロを吐きそうな顔色でゆっくり頷いた。

「……〝ビリビリマグナタイフーン〟……いや、あれだけ威力が出るなら〝トルネード〟？」

ちなみにマグナの横では、ラックがさっきからブツブツ言っているのだが、マグナは聞こえないふりをしていた。相手にしたらきっと、自分は際限なくブチ切れてしまうから。

それはさておき――あの後。

ガイコツにとどめを刺した一同は、一度ベースキャンプまで引き返し、遺跡荒らしたちから薬草を根こそぎ奪いとって食べた。ついでに彼らが生きていることを確認すると、少し休《きゅう》憩《けい》を挟んでから――結局マグナの『必殺技酔い《ひっさつわざよ》』は治らなかったが――再び宝物殿の前の部屋までやってきたのだった。

「で、どうなんだよ、モーガン？　本当にそいつの身体のどっかに、宝物殿の扉の鍵が隠されてんのか？」

頭蓋骨をためつすがめつするモーガンに向けて、マグナは訊ねた。この部屋に到着するやいなや、彼女は頭蓋骨を拾《ひろ》って、こうしてひたすらいじくっているのだが……。

「はい。この手のゴーレムは、大事な物とか、倒した人たちから奪った物とかを、体内の魔法空間に入れていることがあるんです。その排出のスイッチがどこかに……あ、あった！」

言いつつ、モーガンが短い指で頭蓋骨の下顎のあたりを押すと、
バラバラバラバラ！

衣類、武器、装備品や装飾品など。おびただしい数の遺物が口から吐き出されていって、あっという間にマグナの膝《ひざ》くらいの高さまで積みあがっていった。

「あはは、すごいね……でも、この中から宝物殿の鍵を探すの？」

「……っていうかコイツ、どんだけ侵入者ぶっ殺してきたんだ？」

遺品を手にとりながら、ラックとマグナはげんなりしたふうにつぶやいた。モーガンは再び頭蓋骨をいじりながら、こともなげな口調で、

「でも魔宮《ダンジョン》の長い歴史からしてみたら、むしろ少ないと見るべきでしょう。ほかにもゴーレムが複数いて、交代で見張りをしていたのかもしれません。魔力がきれたら、別の個体と交代、って感じで。でもそうなると、魔力の補給口《ほきゅうこう》のようなものが……あ、それもあった」

ガイコツの口の中にあるそれを確認してから、モーガンは頭蓋骨をマグナに差し出した。

「ここに魔力を注《そそ》ぎこめば、また機能が回復すると思うので、魔法鑑識《かんしき》課の人に伝えてあげてください。もっともここまで損傷してると、どこまで回復するかはわかりませんが……」

「………………」

マグナは頭蓋骨を受けとらず、呆然《ぼうぜん》とモーガンを見ているのみだ。ラックも遺品を漁《あさ》っているものの、感心したような表情で彼女の顔を眺《なが》めていた。

「なんですか？　や、やっぱり用がすんだら、私の全身の皮膚を引きちぎるつもりですか⁉」

「引きちぎらねえけど……オマエさ」

マグナはガイコツを受けとりつつ、当たり前みたいな口調で、

「魔法騎士団入れば？」

「…………………へぇ？」

あまりにも唐突な言葉に、今度はモーガンが呆然としてしまう。

「きょうだいもデカくなって、もうやることねえんだろ？　だったら入れよ、魔法騎士団。そんだけ魔宮《ダンジョン》やらゴーレムやらの知識があるんだからよ、たぶんすげー重宝されるぞ」

「あはは。だねだね。モーガンちゃんと一緒だったら、ヤバい魔宮《ダンジョン》でも楽しく攻略できそー！　今年はもうアレだけど、来年の入団試験受けてみなって！」

「え、い、いや……だって、そんな……」

ラックまでそんなことを言ってくれるが、モーガンはただただ焦りながら、

「無理に決まってるじゃないですか……私、下民だし、ヘタレだし、ネガティブだし……」

……いや。

それ以前に、私はもう――。

「下民は関係ねえよ。さっきも言ったろ？　オレだって下民だし、もっとヤベェ下民のヤツだっている。そもそも団長も外国人だしな。そんなん気にするヤツいねーよ」

「あはは！　それ、アレじゃん。もう『黒の暴牛』に入ること前提で話してるじゃん」

「まあ、たぶん入るとしたら『黒の暴牛』だろ。っていうかオレらでゴリ押ししてやろうぜ！」

モーガンの思考を遮《さえぎ》るように、マグナとラックは明るい調子でそんな会話を続ける。

「ヘタレでネガティブなのはまあ、オレとラックで鍛《きた》え直してやんよ！　団長もマジおっかねえ人だし、嫌《いや》でも治るから安心しろって！」

「そうなると、ノエルちゃんとかがお姉ちゃんぶって助けに入りそうだよね。なんだかんだで面倒《めんどう》見いいし」

「あとうちの女連中な。はは、コイツ、バネッサとかにめっちゃかわいがられそうなキャラして……」

そこで、マグナとラックは気づいた。

ふたりの楽しそうな会話を聞きながら、モーガンは悲しそうに笑い、

――そして、大粒の涙をこぼしていた。

「……だからオマエ、なんでいちいち泣くんだよ。いま、べつにそういうタイミングじゃなかったろ？」

「……え、いや……えへへ。グス、本当に入団できたら、楽しそうだなあ……って」

涙をぬぐいながら言うモーガンに、ラックとマグナは再び苦笑を浮かべて、

「だから、言ってるじゃん。君だったらきっと受かると思うからさ、入団試験受けて……」

「……ヒック。ち、違うんです」

ラックの言葉を遮ると、モーガンは顔をくしゃくしゃにしながら、

「私、もう……………！」

「……お？」

モーガンがなにか言おうとしたとき、マグナの手元に輝くものが見えた。

「……アレ？　オイッ！　宝物殿の鍵って、もしかしてこういうやつか⁉」

見つけたそれは、派手な装飾が施《ほどこ》された鍵だ。マグナはそれを手にとり、モーガンに見せようとしたところで、

「……あ」

ヒラリ、と、その手に引っかかった紙きれが宙を舞い、モーガンの目の前に落ちる。

「あ……ああ、ああ！」

モーガンはそれに飛びつくと、心底《しんそこ》嬉しそうな声をあげる。

「こ、これです、これ！　私が探してたの、この絵です！」

そこに描かれていたのは、子どもがたくさんいる家族の肖像画《しょうぞうが》だ。あまり上手とは言えなかったが、仲の良さそうな様子がよく伝わってくる、温かみのある一枚だった。

「……いや、え？　オマエが探してたのって、魔導書《グリモワール》だろ？」

マグナが呆《ほう》けたように訊ねると、彼女は泣きながらその絵を抱きしめて、

「魔導書《グリモワール》の中にこれを挟んでおいたんです……ああ、よかった、破れてなくて！　お父ちゃんが生きてる頃に、上の弟が描いた絵で、ずっと大事にしてたんです！」

「……そうだったんだね」

ほっこりとした気持ちでラックが頷く。

やや大げさな反応にも思えたが、そういうことなら感動もひとしおだろう。

「で、肝心《かんじん》の魔導書《グリモワール》はどこだろうね？」

と、ラックが引き続き遺品の中を漁ろうとしたところで、

「!!」

あるものを、見つけてしまった。

そこにあったのは、フリルのついた貫頭衣。

モーガンが着ているものと、まったく同じ服だった。

遺品——つまりゴーレムに殺されたものたちの衣類の中に、これがあるということは……。

「……魔導書《グリモワール》は、もうないです」

手の中の絵を握りしめながら、モーガンはもう一度、悲しそうに笑った。

「だって私……もう、死んでますから」

「いやいや。なにオマエ、クソ寒い冗談言って……」

モーガンからの突然の告知を受けて、マグナはそんなふうに鼻で笑い飛ばしたのだが、

「…………っ!?」

モーガンの身体がだんだんと透《す》け始めていて、ラックとマグナは目を見開いた。

「なん……だよ、なんだよ、それ⁉　オマエ……なに透けてんだよ、オイ⁉」

「いや、わかんないですけど……たぶん、アレです、思い残すことがなくなって、成仏《じょうぶつ》が始まった……的な？　初めてでよくわかんないですけど、なんかものすごく眠いですし、身体から魔力が抜けていく感じもしますし……」

他人事《ひとごと》みたいに告げてから、モーガンは深々と頭を下げた。

「あの、なんか、騙《だま》してたみたいになっちゃって、すいません。いきなり『オバケなんですけど、成仏したいんで協力してください』なんて言っても、信じてもらえないと思って」

「オバケって……」

茫洋《ぼうよう》とつぶやいたマグナの台詞に、モーガンは困ったような顔をしながら、

「オバケっていうか……実は、自分でもこの状態がよくわかってないんです」

透けていく自分の身体を見つめながら、悲しげに告げた。

「ゴーレムに殺されたのは間違いないんです。でもやっぱり、どうしても絵のことが心残りで……死ぬ瞬間に『最後にもう一回だけ、この絵を見たい』って強く思いながら、魔力で自分自身をコーティングしてみたんです……そしたら、身体のほうは死んじゃったんですけど、意識のほうはコーティングできたみたいで……それで、こういう状態になったみたいです」

「そんなこと……‼」

ありうるのかよ、と、続けようとしたマグナだったが、言葉を最後まで言い終えることは

なかった。

時間の経過とともに、魔力と存在感をなくしていく彼女の身体が、その答えを体現しているように思えてしまった、から。

被覆魔法とは、物体を魔力でコーティングする魔法だと、彼女は言っていた。

魂《たましい》そのものを魔力でコーティングして、その魔力で自分の姿を形作れば、あるいは……。

「いや、いやいやいや！　嘘《うそ》つけって！　仮にそんな状態になったとしても、まっさきに家族に会いにいくだろ、普通!?　なんでこんな危ねえとこうろうろしてたんだよ!?」

テンパったマグナの質問に、モーガンはやはり悲しげに笑いながら、

「私も何度か、ここを出ようとしました。でもいまの私、魔宮《ダンジョン》に満ちている膨大《ぼうだい》な魔力を借りて、ようやく成り立っているような状態……みたいなんですよね。ここから出ようとすると、消えちゃいそうになるんです」

「……は、はあ!?　ざっけんなよっ!!　そんなもん気合《きあい》でどうにかしろよ！　そうやって気合入れ続けてれば……こう、そ、そのままの状態でいられるかもしれねえじゃねえか！『黒の暴牛《うち》』は採用条件緩《ゆり》ぃし、オバケだからって気にするヤツなんていねえよ！」

先ほどから、おかしなことを言っているという自覚が、マグナにはある。

しかしそれ以上に、認めたくなかった。

目の前にいるこの少女が。これから仲間になるかもしれない者が。

死んでいるなんて、認めたくなかったのだ。

「えへへ、ごめんなさい……ちょっと、気合入れるの遅すぎました。こうなっちゃったらもう、採用試験受けるのも……家族に会うのも、無理そうです」

だんだんと薄くなっていく自分の両手を見つめてから、モーガンは再び家族の絵に視線を落とした。

「……だから、せめて最後に、この絵だけでも見たかったんです」

「…………!!」

マグナは無意識に、腰のあたりに手を伸ばした。

確かにそこには、つかまれていた感覚があったのだ。

モーガンという少女は、そこにいたのだ。

なのに……!!

「あの、なんていうか……私が言うのもアレですけど、元気出してください！　死んじゃったのも自分のせいだし……私はもう、この状況を受け入れてるんです、いつかこうなることもわかってたっていうか、こうなるためにいろいろ頑張ってたわけですし」

そこまで笑顔で言いきったモーガンだったが、しかし、少しだけ下を向いて、

「……まあ、でも、そうですね」

──ポロポロと泣きながら、言った。

「入りたかったなあ、魔法騎士団。ふたりと一緒なら、えへへ、楽しかったろうなあ……」

「…………」

ラックはギュッと拳を握り、マグナはなにかを耐えるように唇を噛《か》んだ。

いくらなんでも、唐突すぎる。

そして、あまりにも残酷だ。

「……魔法騎士団に入ってれば、こんな私でも役立てること、あったんですかねえ？」

「……うん。あったろうね。ホントに。すごくいろいろ」

ラックは上を見ながら、短い言葉を選んで返した。

これから消えていく彼女に、あまり多くの言葉を渡すのは、きっとよくないことだ。

「ありがとうございます……すいません。本格的に眠くなってきました」

モーガンが言うのと同時、その存在感が急激に薄くなっていった。

お別れの時が、近づいてきたらしい。

「それじゃあ、えっと……なんて言っていいかわからないですけど、マグナさん、ラックさん。こんな私のためにいろいろしてくれて、本当に……」

「……オイッ!!」

締《し》めの言葉を遮《さえぎ》って、マグナは怒鳴るような口調で声をあげた。

そうして、宝物殿の鍵を掲《かか》げて、

「……オマエが残したもん、無駄にしねえから」

サングラスを外して目をぬぐう。そうしてから、今度はまっすぐにモーガンを見て、

「絶対、なにかの形で役立てるから」

いつもどおりの、ニカッ、とした笑顔を浮かべた。

「だからさっきも言ったけど、もういちいち泣いたり、ネガティブになるんじゃねえよ。オマエもう……充分いろいろなことに、役立ってんだからよ！」

「……えへへ。ありがとう、ございます」

相変わらずの不器用な気遣いに、モーガンははにかんだ笑顔を咲かせて、

「…………っ」

マグナとラックの目の前から、完全に消えた。


「……じゃあ、開けるぜ」

「うん」

モーガンが消え去った、その後。

ふたりはしばし呆然としたのち、どちらからともなく遺品の整理を再開した。

モーガンの服は折り畳み、その上に件《くだん》の絵を置いておいた。

すべてが終わったらセータンの村に行き、彼女の家族に渡してやるつもりだった。

そうしてひととおり整理し終えると、とくに言葉を交《か》わすわけでもなく、ふたりで宝物殿の扉の前まで来たのだった。

ふたりの本懐《ほんかい》――宝物殿の中のお宝を漁り、アスタの腕を治すためのヒントを見つけるという、使命を果たすために。

「あはは……大丈夫、マグナ？　もうちょっとくらい、泣いててもいいんだよ？」

からかうように言いながら、ラックはマグナの肩を叩いた。

半分はいつもどおりのマグナいじりだが、もう半分は本音《ほんね》だ。

ラックだってモーガンが死んでいたことがショックだったのだ。ラック以上に人情派のこの男が、こんなにも唐突なお別れを、そう簡単に受け入れられるはずないのだが……。

「……そんな暇ねえよ」

ラックの気遣いに反して、マグナは力強く、ラックの肩を叩き返してきた。

「アイツが残したもん使って、アスタを助けてやるんだよ。そうすることが、アイツへの一番のはなむけだろうが」

「……うん」

自分が、誰かのために役に立っているか。

彼女が本当にそんなことを気にしていたかどうか、正直わからない。死を目前に控《ひか》え、自分がしてきたことと向き合って、そういう言葉が出てきただけもしれない。

しかし、彼女が残したものによって、得られるなにかがあるのは事実なのだ。

アスタの腕を治すものが見つかるかどうかわからない。しかし、宝物殿のなかには誰かの役に立つものがあるはずだし、あのガイコツだって魔法関係の研究に役立つだろう。

そうして、彼女の死に『意味』を添えてやることが、一番の供養になるのだ。

そうするためには、やることがある。泣いている暇などあるわけがなかった。

「よっし！　じゃあ、気合入れて運び出すぜ、お宝！」

気持ちをきり替えるために、大きく叫ぶ。そして扉に鍵を差し入れ、勢いよく開け放つと、

「!!」

まず最初に目に入ってきたのは、目もくらむような輝きを放つ、たくさんの金銀財宝。

それと同じくらいの量はあるだろう、見たこともないような魔導具《まどうぐ》の数々。

そして、

『『『『魔力反応ヲ、感知シマシタ』』』』

先ほど倒した個体と同じ、真黒なガイコツ。

十体近くのそれが、扉を開けるのと同時、まったく同じ言葉を言いながら、まったく同じタイミングで、こちらを向いたのだった。

「…………」

マグナは、ゆっくりと、扉を閉《し》めた。

……同じような個体がほかにもいるかも、と、モーガンが言っていた気がした。

しかし、まさかこんなところに、こんな数がいるなんて……。

「……ラック。オマエ、魔力どれくらい回復した？」

「んーっと……五割……いや、四割ちょっとくらいかな」

「……オレも同じくらいだ」

レベルアップをする、とか、もはやそういう問題ではない。

このコンディションでこの量を相手にするのは、いくらなんでも無理だろう。

「……じゃあ、いけるね」

「……だな」

――いかいかいかい、限界を超えなければ、とても無理な話だ。

「とか言いつつ……あはは。ビビってるんじゃないの、マグナ？」

「……誰がビビるかよ」

ラックは全身に紫電をまとわせ、マグナも愚乱怒守羅夢《グランドスラム》を肩に担《かつ》ぐ。

モーガンだって、ヘタレのくせに頑張って、ガイコツに一発食らわせたのだ。

生命の限界を超えて、ラックとマグナをこの場所まで導いてくれたのだ。

だったら、オレたちだって……。

「むしろ、ワクワクするっつってんだろうが」

――言ってから、扉を開け放ち、

「待ってろよ、アスタアアアアァァァッ！」

特攻隊のふたりは、宝物殿の中へひた走っていった。

BLACK CLOVER

1 2 3 4

四章《よんしょう》 ✿ 団長《だんちょう》たちの晩餐会《ばんさんかい》

魔《ま》法帝《ほうてい》の側近《そっきん》にして、絶対精度の記憶交信魔法《きおくこうしんまほう》の使い手・マルクス。

彼は優秀な男だった。

その魔法の有用性《ゆうようせい》は言うまでもなく、魔法帝の側近業務をひとりでこなしているということが、彼の能力の高さを物語っている。

魔法帝とは言うまでもなく、すべての騎士団《きしだん》の頂点に立つ存在だ。当然、その仕事量も半《はん》端《ぱ》ではない。それらをサポートする側近だって、複数人いてしかりだろう。

しかしいま現在、魔法帝直属の側近はマルクスひとりだけなのだ。有事《ゆうじ》の際には側近や親《しん》衛隊《えいたい》として動く団員がいるが、基本的にはマルクスひとりで魔法帝のサポートを行っている。

つまり彼は、本来なら数人でやるべき仕事を、たったひとりで捌《さば》いているのだ。

しかも当代魔法帝、ユリウス・ノヴァクロノは、ことあるごとに姿を消す。業務上しかたなく、ではなく『いやあ、隣町で面白《おもしろ》そうな魔法の噂《うわさ》を聞いたからさあ』なんていう、わんぱく小僧のような理由で、ぶらりとどこかへ消えてしまうのだ。

そんなわんぱく小僧（四十二歳）のお守《も》りをしつつ、日々の多忙な業務を行う。能力のない団員には決してこなせない役職なのだ。

……しかし、いま現在。

「……皆さま。本日はご多忙のなかお集まりいただき、まことにありがとうございます」

端正《たんせい》な顔にびっしりと脂汗《あぶらあせ》をかきながら、マルクスは歯ぎれの悪い口調でそう言った。

有能な彼らしからぬ、ひどくぎこちない態度だ。

いまにもゲロを吐きそうですらあった。

どうして彼が、こんなことになっているかというと……。

「……なあ、前髪パッツン。そういう堅《かた》っ苦《くる》しいのいいからさ、とっとと始めちまわねー？」

場所は、騎士団本部内の会議室。

そのテーブルの上に広がっているのは、肉や野菜などのおいしそうな食材と、キンキンに冷《ひ》えた酒類。そして等間隔に置かれた、いくつかの鍋《なべ》だ。

……そして。

「……黙れヤミ。無粋《ぶすい》な貴様《きさま》は知らぬだろうが、なにごとにも作法というものがあるのだ」

『碧《あお》の野薔薇《のばら》』団長、シャーロット・ローズレイ。

彼女が冷淡《れいたん》な声で言ったのを皮きりに、テーブルを囲う他の面々も口を開き始めた。

「え～だってビールぬるくなっちゃうじゃ～ん。ぬるいビールこそマナー違反だろうが」

「カカ。そこ、仲良くおしゃべりしてんじゃねえよ。マルクスが進行できねえじゃねえか」

「だ、だだだだだだだ、だ誰が仲良くだっ！　ジャック、貴様、ふざけたことをぬかすなっ!!」

「アレ？　シャーロットさん、なんでちょっと嬉《うれ》しそうなんですか……ひぃぃっ!?」

「……幻鹿《げんろく》の小僧。次になにか言ったら、この荊《いばら》が貴様ののど元を食い破るものと思え」

——フエゴレオンとポイゾットを除《のぞ》いた、九騎士団の団長七名。

魔法帝に召集された彼らは、険悪なオーラを発しながら、鍋を囲んでいるのだった。

「で、では、乾杯の音頭だけ……」

そんな一触即発の空気のなか、マルクスは無理やり笑顔を作って立ちあがり、

「み、皆さん！　今日は、おおいに盛りあがっていきましょう……かんぱーいっ！」

——そうして。

地獄の晩餐会《ばんさんかい》が、幕を開《あ》ける。


「……団長同士での食事会、ですか？」

そんな悪魔のイベントが始まる数時間前。

「うん、そう。今日の騎士団長会議は、そういう形にしようと思ってるんだ」

マルクスとユリウスの間では、そんな会話が交《か》わされていた。

ふたりがいまいるこの場所は、騎士団本部の地下倉庫だ。

なんでも『黒の暴牛《くろのぼうぎゅう》』のラックとマグナという団員が、先ほど恵外界《けいがいかい》にある高難度の魔宮《ダンジョン》

を攻略したらしく、そこに保管されていた遺物をここまで持ちこんできたのだという。

もちろんふたりだけで運んだわけではない。要請《ようせい》を受けて本部の魔道士《まどうし》たちも協力に向かったのだが、それでも運びこむのに半日かかるほどの量で、部屋の中は遺物であふれかえっていた。

それらは魔法鑑識《かんしき》課の鑑定《かんてい》にかけられ、どれも研究価値が高いものだということがわかったため、こうして魔法帝直々《じきじき》に見分《けんぶん》に来たのだった。

「おほっ！　ねえねえマルクスくん、見てこれ、すごいよ！　この黒い頭蓋骨《ずがいこつ》、こんなバラバラなのに、魔力を注《そそ》ぎこめば復元《ふくげん》するっぽい！」

……まあ、半分くらいはユリウスの好奇心を満たすためなのだが。

「いやあ、これを十体近くも倒すなんて、マグナくんもラックくんもすごいコだね〜！　ちょっと話を聞きたいんだけど、もうアジトに戻っちゃったかな⁉」

「いえ、それが、セータンという恵外界の村に用事があるらしく、遺物の搬入だけすませると、すぐに出ていってしまったそうです……もうアジトに戻っているかもしれませんが、一応、連絡を入れてみますか？」

「う〜ん……いいよ。任務明けなら疲れているだろう。ゆっくり休ませてあげよう……それよりほら、このガイコツ！　なんでも、体内に魔法空間みたいなものまであるんだって！　ここがその排出《イジエクト》のスイッチだそうだよ！」

「ほう。やはり魔宮《ダンジョン》の遺物だけあって、高性能なのですね……って、そうではなくて」

危《あや》うくユリウスのペースに巻きこまれるところだった。なまじつき合ってしまうと、際限《さいげん》なく魔法トークを振ってくるのだ、この魔法マニアは。

「食事会って……その、どうして、そんなことをする必要があるのですか？」

「どうしてって……我々は同じ魔法騎士団の仲間なんだから。一緒《いっしょ》に食事をして、お酒を飲むのに、理由なんていらないと思うけど？」

「それは、そうなんですが……」

マルクスが言いたいのは、そういうことではなく、

「確かに彼らのつき合いは長いですし、おのおの個人的なつながりもあるでしょう。しかし、その……言いづらいですが、私の目から見ても、彼らの関係性は決して良好とは言えません。皆でそういったことをして、盛りあがるかどうかは……」

平たく言えば、すげー気まずい雰囲気の飲み会になるだろ、と。

暗《あん》にそう言ったのだが、ユリウスは件《くだん》の砕《くだ》けた頭蓋骨をいじりつつ、

「うん。まあ、死ぬほど空気悪くなるだろうね。はは、マルクスくんがあたふたする顔が、今から目に浮かぶよ」

このオッサンの頭蓋骨を蹴り砕いてやろうか、という、国家反逆罪《はんぎゃくざい》ともとられかねない危険思想が、ときどきマルクスの脳裏《のうり》には浮かぶのだった。

「でも、だからこそ、だよ」

そこでユリウスは頭蓋骨から目を離し、マルクスの顔を見た。

『白夜《びゃくや》の魔眼《まがん》』からの宣戦布告や、ゲルドルの裏切り。それに加え、ダイヤモンド王国やスペード王国からの侵略の激化。いろいろな不安や危険を抱《かか》えている今だからこそ、魔法騎士団はより一枚岩にならなくてはならない……っていうのは、何度か君にも話したよね？」

「……はい」

神妙《しんみょう》な顔をして頷《うなず》くマルクスに、ユリウスはひと呼吸おいてから、

「そしてその考えを体現すべく、ここ数週間、僕が動いてきたことも知っているね？」

「……はい。騎士団内部にいる内通者《ないつうしゃ》のあぶり出しや、キテン戦役《せんえき》などでの合同任務の奨励《すいしょう》……そして、体験入団という新制度の試験的導入……などですよね？」

「うん。任務が絡《から》んだものだと、それくらいだね」

……厳密に言えば、魔法帝として動いたものだと、それくらいだ。

実はもうひとつ。裏で動いたことが、ある。

先ほど未踏《みとう》の魔宮《ダンジョン》を踏破《とうは》し、数々のお宝を持ち帰ってきたラックとマグナ。

彼らを件の魔宮《ダンジョン》に行くように仕向けたのは、実はユリウスだ。

アスタの腕を治《なお》すため、『黒の暴牛』が動いていることを知ったユリウスは、高難度かつ希少なお宝が眠っていそうな魔宮《ダンジョン》をピックアップした。そして変身魔法《へんしんまほう》で老婆《ろうば》の姿に化け、

闇市《ブラックマーケット》でマグナにその場所を教えて、まんまとその攻略に向かわせたのだ。

攻略できるかどうかは賭《か》けだったし、アスタの腕を治すヒントも――まあ、魔女の森にて、すでにアスタの腕は治してもらったらしいのだが――見つからなかった。

しかし、結果としてふたりは大きく力を伸ばし、こうしてお宝を持ち帰ることに成功した。

この功績によって『黒の暴牛』の星の取得数は、一〇一個となる。

これにより、今期の彼らの星取得数は、『金色の夜明け《こんじきのよあけ》』団に次ぐ順位――二位となった。

最低最悪の魔法騎士団が、いっきに魔法騎士団のトップランカーに食らいつくのだ。他の騎士団は躍起《やっき》になり、より任務に尽力《じんりょく》することになるだろう。

つまり、今より連携せざるを得なくなるのだ。

間接的ではあるが、彼らの今回の活躍は、魔法騎士団が一丸《いちがん》となるための大きな足がかりになったことだろう。

もちろん、すべてがそううまくいくとは限らない。しかし裏で小さく動いただけなのに、こんな大きな成果となって返ってきたのだ。十分すぎるほどのリターンだった。

「……どうしたのですか、魔法帝？　急にニヤニヤされて」

考えていたことが顔に出ていたらしく、マルクスがいぶかしげにそんなことを聞いてくる。

ユリウスは慌《あわ》てて手を振りながら、

「え、あ、いや、はは、まさか！　君の目の届かないところで、変な動きなんてしてないよ！」

「……まだなにも言ってませんが」

「………………」

マルクスはしばしジト目で見ていたが、やがてなにかを諦《あきら》めたように嘆息《たんそく》し、

「まあ、いいです……だいたいなにをしたかも想像がつきますしね」

マルクスはそう言いつつ、部屋の中に山積《さんせき》しているお宝を見回した。

彼は本当に、優秀な男なのだ。

「……で、『団長同士で食卓を囲むこと』も、騎士団が一枚岩となるために必要なことの一《いっ》環《かん》だ……と、魔法帝はおっしゃりたいのですか？」

「う、うん。そういうことだよ」

気をとり直すように、ユリウスはひとつ咳払《せきばら》いをして、

「彼らの関係性については私だって知っているさ。仲が悪い、とまではいかなくとも、確かに食事をしながら笑い合えるような仲でもない……しかし、団員たちに範《はん》を示すべき団長たちが、いつまでもそんな関係のままだと、よくないとは思わないかい？」

「それもごもっともだとは思いますが、一度や二度の食事会くらいで改善されるとは……」

「それに星果祭《せいかさい》も近いじゃない？　そのときにまた、国王とか王権《おうけん》派の人と直接話すことになると思うんだけど……聞かれると思うんだよねえ。『団長たちの連携はしっかりとできて

いるか』みたいなことをさ」

マルクスの言葉を遮《さえぎ》って、ユリウスはつまらなそうな表情で言う。

彼が政略的な話などをするとき、こういう顔になることを、マルクスは知っていた。

「まあ、言葉を濁《にご》してもいいんだけど……なにが糾弾《きゅうだん》の材料になるかわからないからさ。食事会をしたっていう事実さえあれば、関係が良好に保《たも》ててるっていう、ちょっとしたアピールになると思ってね」

王権派から王都《おうと》襲撃の被害の責任を追及《ついきゅう》されたのが、つい数週間前のことなのだ。そのときは民衆の支持によって事なきを得たが、次にまた同じようになるとは限らない。

また問題が起こったとき、『団長同士の不仲《ふなか》が原因でした』などということになったら、なにを言われるかわかったものではないのだ。

もちろんユリウスは、団長たちには本当に親交を深めてほしいし、政治的な駆《か》け引《ひ》きは心底《しんそこ》つまらないと思っている。しかし、そういった部分に目をつけて、足を引っ張ってくる人たちがいる以上、なにかしらの対策は立てておかないといけないのだ。

「魔法帝……」

ユリウスがそんなことを思っていると、マルクスはなぜか感心したような表情で、

「そういう難しいこと、考えられたのですね……!?」

「ときどき思うんだけどさ、君、僕のこと魔法帝だと思ってないときあるよね？」

ただのわんぱくなオジサンだと思ってるときあるよね？

「冗談ですよ……しかし、承知しました。そこまで考えられてのことであれば、尽力させていただきます」

そこでようやく表情をほころばせたマルクスは、三つ葉《みつば》の敬礼をしながらそう言った。

「うん。ありがとう」

ユリウスも礼を返し、薄く笑《え》みを浮かべながら、

「……まあ、それ以外に、個人的な目的があるんだけどね」

――独《ひと》り言《ごと》のように、小さくそう告げた。

「え、すいません、なんて言ったんですか？」

マルクスがユリウスに聞き返すが、そのときにはすでにいつもどおりの笑顔を浮かべて、

「ううん。なんでもないよ。じゃあ、悪いんだけど、準備のほう頼めるかな？」

「……わかりました。食材などでなにかご希望はありますか？」

その態度は少し気になったが、現実的な質問へときり替える。会合は数時間後に迫っているのだ。いますぐ準備を始めなければ手配が追いつかないだろう。

「なんでもいいけど……鍋料理なんてどうだろう？　ヤミから聞いたんだけど、彼の故郷では、みんなで同じ鍋をつつくことで、親睦や絆《きずな》が深まるって言われていたらしいよ」

「わかりました。手配しましょう」

鍋料理……クローバー王国ではそこまでメジャーな宴会料理ではない。難しいオーダーではあったが、それっぽいものを用意してみせよう。

「よろしく。じゃあ、僕はもう少し魔導具《まどうぐ》を調べているね」

「それはかまわないのですが……」

マルクスは苦笑《くしょう》しつつ、改めて部屋の中を見回して、

「魔導具に夢中になっていて、遅れないでくださいよ。私ひとりでは間が持ちませんから」

「はは、大丈夫《だいじょうぶ》、大丈夫」

なんて言いつつ、ニコニコ顔で頭蓋骨の見分《けんぶん》に戻ってしまう。

その後ろ姿にもう一度苦笑して、マルクスは部屋をあとにした。

団長たちの鍋パーティー……確かにギスギスした空気になってしまうかもしれないが、酒も入るし、なによりユリウスもその場にいるのだ。さすがに魔法帝の御前《ごぜん》ともなれば、みんなある程度は行儀《ぎょうぎ》よく振《ふ》る舞《ま》うだろう。

——そう、魔法帝さえ、その場にいれば。


そして話は、冒頭《ぼうとう》の乾杯へと戻るのだが……。

（……あのオッサン、ぜんぜん来ねえええええええエエェッ！）

乾杯の音頭を——誰ひとりとしてコップを持ちあげてくれなかったが——とったあと、マ

ルクスは脂汗を二割増しにしながら、心のなかで絶叫していた。

開始時刻の十分前、マルクスはユリウスを迎えにいった。しかし、どういうわけかそこに彼はおらず、代わりに『別室でガイコツの作動確認してます。先に始めててください』と書かれた書き置きがあった。

それをビリビリに破いてから捜索したのだが、周辺の部屋にはおらず、魔《マナ》の感知にもなぜか引っかからないし、通信魔法もいつものように遮断《しゃだん》されている。

そうこうしているうちに時間がきてしまい、ユリウスが行方不明の件を伝え、こうして先に始めてしまったのだが……。

案《あん》の定《じょう》、空気は険悪だった。

「落ち着いてくださいよ、シャーロットさん！　なんでそんなに怒るんですかァァ!?」

開始早々、なぜか顔を赤くしたシャーロットは、『水色《みずいろ》の幻鹿《げんろく》』団のリル・ボワモルティエに鋭い荊を突きつけ、

「……だ、黙れ、リル。その、目上の者に対する口の利《き》き方を教えてやっているだけだ」

「い、いや、だけ、ってわりには、本気で殺しに……い、痛いっ！　荊の先が食いこんでる!?」

その横の席では、『翠緑《すいりょく》の蟷螂《とうろう》』団のジャック・ザリッパーと、『黒の暴牛』のヤミ・スケヒロが、不穏なオーラを漂わせながら口論を始めている。

「オイ、バラ女。小鹿をプルプルさせるなよ。生まれたてみたいになってんじゃねえか」

「カカ。ヤミ、もとはと言えばテメエのせいだろうが」

「いやいや、どっかの元祖ガリガリ顔面ラインマンがいらんこと言ったからじゃね？　たぶんそいつ、頭の中身までガリガリなんだよ。かわいそう」

「あァッ⁉」

その対面に座っているのは『金色の夜明け』団のウィリアム・ヴァンジャンスだが、彼はとくにその口論を止めるでもなく、いつもの調子で薄く微笑んでいるだけだ。

「ふふ。皆、相変わらず仲が良いね……それにしても、魔法帝は本当に遅いな」

その横に座っている『銀翼《ぎんよく》の大鷲《おおわし》』団のノゼル・シルヴァは、先ほどから一言も言葉を発さずに、不機嫌《ふきげん》なオーラをドバドバと垂れ流している。

「…………っ」

そしてさらにその横にいるのは、『珊瑚《さんご》の孔雀《くじゃく》』団のドロシー・アンズワース。

「……ぐー……ぐー……ぐー……パク、モグモグ……ぐー」

彼女にいたっては、鼻ちょうちんを出しながら寝ている。寝ているのに、なぜかときおり料理をつまんでいる。いろんな意味でわけがわからない状態だった。

なんにせよ、やはり場をなごませようなどと思う者は皆無《かいむ》だ。ユリウスも一向に来る気配がない。通信魔法もこまめにしているのだが、つながらないし。

……やはり、自分がなんとかするしかないようだ。

「い、いやあ、自分で用意しておいてなんですが、おいしそうな食材が揃《そろ》ったものですね!!」

場の空気を変えるようにして、マルクスは鍋に具材を投入し始める。そうしながら、まだジャックと口論を続けているヤミに向いて、

「この鍋料理というのは、ヤミ団長の祖国の料理と聞き及びましたが、どのようにして食べるのがおいしいのですか？　はは、教えてくださいよ、ヤミ団長！」

「知らねぇよ」

「…………」

ヤミは五文字の言葉を返してから、再びジャックとの口論に戻っていった。一瞬だけマルクスと目が合った。殺し屋みたいな目をしていた。

「……そう、ですよね。はは、そうですよね。おいしいという感覚は人それぞれですもんね。失礼しました」

心が折れそうになったものの、気持ちを立て直して話を振る相手を探す。いまのは相手もタイミングも良くなかった。今度はもっと話が通じそうな相手を探して……。

「あ、ノ、ノゼル団長！　ノゼル団長は、鳥肉がお好きなんですか!?」

そんなとき、鴨《かも》のローストに手を伸ばしているノゼルに目をつけた。話しにくい相手では

あるものの、好きなものの話題だったら少しは乗ってくれるはずだ。と、思ったのだが……。

「……カカ。そーいえば、ノゼルが飲み食いしてるところなんて、見たことねえなぁ」

「お、食べてる食べてる。なんつーか、アレな。懐《なつ》かねえ猫が、やっと餌《えさ》を食べたときみたいな、妙な感慨深さがあるっていうか……ちょっとこう、ホロっとくるよね」

……最悪なことに、ケンカを中断したジャックとヤミが、茶化《ちゃか》すような口調でこちらの会話に入ってきた。

しかし当のノゼルは、ケンカよりもこちらをイジるほうが面白《おもしろ》そうだ、とでも判断したのだろう。さすがというかなんというか、やはり彼らのいなしかたを心得ているようだ。

いや、そのように見えたのだが……。

「カカ。猫かよ。でも言われてみりゃあ確かに、猫っぽいかもな。プライドが超高い猫」

「うん。そう考えると、なんかノゼルがかわいく見えてくるよね」

ノゼルのこめかみがピクリと動いた気がした。が、彼らはさらに悪乗りするように、

「かわいい？　あの仏頂面《ぶっちょうづら》が？　カカ！　どういう見方したらそうなんだよ？」

「いや、かわいいよ。あの三つ編みだって、あれだよ？　かわいく見られたくて、毎朝一生懸命やってんだよ？　すげえキュート&ガーリーに仕上《しあ》がってんだろうが」

「……ちょっと、いいかげんにしてくださいよ、ふたりとも！」

そう叫んだのはリルだ。彼はほっぺたを膨《ふく》らませながら、ノゼルの三つ編みを指さして、

「ノゼルさんは、この髪型がかっこいいと思ってやってるんですよ！　そんなイジりかたしたらかわいそ……ひぃぃっ⁉」

次の瞬間、リルののど元には、ノゼルによって鋭い水銀の槍が突きつけられていた。

「え、ちょ、あれ⁉　なんですか、これ⁉　僕、フォローしようとしただけなのにっ！　っていうか、ヤミさんとジャックさんのほうが、もっとひどいこと言ったじゃないですか⁉」

「……黙れ。貴様はダメだ」

「なんですかその理不尽《りふじん》……って、い、痛い！　ちょ、荊にやられた傷口が広がるっ⁉」

そんなカオスなやりとりをするふたりから、マルクスはそっと目を離した。確かに理不尽かもしれないが、あれはどう考えても自業自得《じごうじとく》だ。そちらで処理をしてもらうことにしよう。

「……オ、オイ、ヤミ」

と、残酷な決断をくだしたマルクスのかたわらで、シャーロットがわずかに頰《ほお》を赤らめながら、粛々《しゅくしゅく》と鍋の中身を小皿に取り分けて、

「……自分のを取るついでに、貴様の分も取り分けておいた……そ、そこにあると邪魔《じゃま》だから、早く食べてしまえ」

と、ヤミの前に小皿のひとつを差し出したのだった。

……考えてみれば、今日の会合を食事会にすると告げたときから、少しだけ彼女の様子《ようす》がおかしかったように思える。そそくさと——なぜか勇気を振《ふ》り絞《しぼ》るようにして——ヤミの隣

の席に座ったし、鍋が始まってからも、なにかのタイミングをうかがっているような素振《そぶ》りが見えた。

もしかしたら、ヤミの面倒《めんどう》を見てくれる気なのかもしれない。

その意図《いと》はわからないが、だとしたら相当ありがたい。彼を抑《おさ》えてくれれば、必然的にジャックも少しはおとなしくなる。一番ヤベェやつらに手綱《たづな》がつけられるのだ。

マルクスがそんなふうに期待したとき、ジャックとヤミは顔を見合わせて、

「……オイ、ヤミ、テメエがおかしなこと言うから、コイツまでキャラにねえことし始めたじゃねえか……なんだよ、なんなんだよ、この謎《なぞ》の女子力！　超怖《こえ》ぇんだけど！」

「し、知らねえよ！　な、なあ、シャーロット……なんだよ、なにが望みなんだ？　オ、オレの命か？」

「き、貴様らっ!!　人の好意を……っ!!」

「おおおおおおいしそうに盛り分けられたお皿ですねっ!!　ヤ、ヤミ団長が食べないなら、私がもらっちゃいますよぉぉォォォっ!!」

再び荊が発動されそうになったので、マルクスがすごい速さで彼らの間に割って入る。

「……あ、ああ！　マルクスが食べてくれ！　そんなバカのことなど、もう知らん！」

一瞬だけ鬼みたいな形相《ぎょうそう》をしたシャーロットだったが、拗《す》ねたような口調でそう言うと、押しつけるようにしてお皿をマルクスに渡した。

……よくわからないが、とりあえず難は去ったようだった。

「あ、そ、そうだ！　ヤミ団長！　先日の体験入団、ユノくんはどうでしたか⁉」

とはいえ、またいつ火がつくかわからないので、早めに次の話題を振っておくと、

「あ、そうだ、思い出したわ。なあなあ金《きん》さん、その件で話あるんだけどさあ」

ちょうど話が中断したタイミングだったためか、ヤミはジャックとの口論をやめ、ヴァンジャンスへと向いてくれた。

「ユノくれよ、ユノ。交換とかじゃなくて、普通に無償《むしょう》でうちにくれよ」

……まあ、とりあえず会話を始めてくれたようだ。会話の内容は恐喝《きょうかつ》だったが。

「はは……なんとなく聞いていたけど、そんなにうちのユノを気に入ってくれたのかい？」

コップの中身を揺らしながら、ヴァンジャンスは微笑《びしょう》を浮かべながら言葉を返す。ヤミに迫られて、こんなにも優雅に振舞っていられるのは、彼くらいのものだろう。

「うん。あいつマジ使えるんだよ〜。家事炊事《すいじ》完璧だし、酒とタバコ買ってきてくれるし」

「それも本人からなんとなく聞いたけど『下民《げみん》とはいえ、うちの団員にそんなことをさせたのか……』って、サンドラーが怒っていたよ。見たことのない顔をしていた」

「いや、もちろんアイツの魔法もおもしれーって思うよ。やっぱすげーのな、精霊魔法《せいれいまほう》って。ユノ単体でも充分つえーけど、アイツのサポートがありゃ、他の魔法の威力が何倍にも跳《は》ねあがるよね」

地、火、風、水の四大属性《ぞくせい》には、それぞれ『精霊』が宿《やど》るとされている。

その精霊の加護を受けたものだけが扱《あつか》える強力な魔法――それが精霊魔法だ。

ユノが加護《かご》を受けている精霊は、風の精霊・シルフ。

彼女はすでに、たくさんの任務で大きく貢献《こうけん》をしているという。

「マジすげーよ。洗濯もの乾《かわ》かすのめっちゃ早かった」

その能力は、家事などに使っていいものでは、決してない。

「な？　だからくれよ、アイツ」

そして、そんな軽いテンションでもらえるものでも、決してない。

「はは。嫌《いや》だよ。誰かと交換ってわけでもないんだろう？」

「え、なに、交換なら考えてくれんの？　うちに欲しいヤツとかいる？」

「……うーん、そうだなあ」

仮面から覗《のぞ》くヴァンジャンスの目に、いたずらっぽい光が宿った。

「アスタくん……とかでどうだろう？」

「…………っ」

その場にいる全員が、少しだけ驚いたような表情になる。

もちろんこれは酒の席での軽い冗談だ。どちらも本気で言っているわけではないだろう。

しかし冗談だとしても、『金色の夜明け』団のエース級の団員との引き合いに出される……つまり、彼と同等にあたるほどの人物として、アスタの名前があがったのだ。

下民の、しかも魔力がない、あの少年が。

とはいえ、彼が優秀な団員であることは、ここにいる全員が知っている。ここ最近の報告書では彼の名を頻繁《ひんぱん》に目にするし、ともに戦ったこともあるからだ。

しかし『魔力がない』というハンディキャップは、やはり魔法騎士団員としてあまりに致命的すぎる。

そんな彼の名をあげたことに、一同は意外性を覚えたのだ。

彼の伸びしろに、なにか感じるものがあるのか……と。

「え、ウソ？　あんなんでいいの？　あげるあげる。ついこの前まで腕ぶっ壊《こわ》れてたけど、なんか昨日《きのう》くらいに治ったっぽいから、好きに使っちゃって」

しかし当のヤミは、いつもの調子でそんなことを言って、

「……まあ、でも」

次の瞬間、少しだけ意味深《いみしん》な笑みを浮かべた。

「──オマエさんじゃあ、アイツを扱いきれねーと思うけどね」

「……それはどうかなあ」

そのままふたりは、しばし視線を交錯《こうさく》させた。

気まずい雰囲気ではないが、お互いのなにかを測《はか》り合《あ》うような、独特の空気だ。

フォローすべきか？　と、マルクスが動こうとしたとき、

「ふふ、冗談はこれくらいにしておこう……ユノはあげないよ。彼の今期の活躍には、みんな期待しているからね」

「え～。なんだよ、ケチ。金ピカヘンテコ仮面マン」

「あはは……え。それ、悪口だったのかい？　あだ名じゃなくて？」

ふたりはそんな会話とともに笑みをこぼし、再び酒を口にし始めた。

そこに気まずい雰囲気はなく、先ほどのように謎のかけ合いもない。ただ純粋に、場を楽しんでいるだけのような空気感が流れていた。

この調子だったら、他の団長たちも巻きこんで、普通の会話に興《きょう》じさせてくれるかもしれない。

そんなふうに、マルクスが安堵《あんど》しかけたのだが……。

「ちぇ～。いいよいいよ。ユノよりうちの小僧のほうが、根性あるもんね～」

ピク、と。

ヤミがこぼした何気《なにげ》ない一言に、ヴァンジャンスの口元が、ほんのわずかにひきつった。

「……うん。まあ、うちのユノだって、相当な根性の持ち主だと思うよ。比《くら》べたことがないからわからないけど、アスタくんにだって、負けてないいんじゃないかな？」

「…………っ」

その台詞《せりふ》に、今度はヤミの口元も少しだけひきつって、

「……いやあ。そいつはどうだろうなあ。アイツ死ぬほど負けず嫌いだし、アイツのほうが上なんじゃねえの？　わかんねえけど」

「……うちのユノだって負けず嫌いだよ。王都襲撃の時、『白夜の魔眼』の構成員を捕らえたのだって、そういう気持ちが強く出たから、と、本人が言っていたし」

「いやいや、それ言ったらオマエ、あのときうちのだって、相当な数のゾンビ倒したからね？」

「うん。でもユノが倒したのは幹部クラスだよ。それで『白夜の魔眼』に関する重要な情報を聞き出せたんじゃないか」

「それだって、アスタの剣で捕虜《ほりょ》にかかってるプロテクトを解《と》いたからだろうが」

「え、ちょ、あれ？　はは……ど、どうしたのですか、おふたりとも？」

マルクスの制止の声も届かず、ふたりはその後も言葉の応酬《おうしゅう》を続けていく。

はじめはふたりとも、そんなつもりはなかったのかもしれない。

しかし、なんだかんだ言っても、やはり自分の団の団員はかわいいものなのだろう。

言葉を重ねていくうち、だんだんとその思いに火がついていき、お互いに意地となって、『うちの子のほうがすごいんだぞ』のかけ合いが過熱していく。まだあまり飲んでいないとはいえ、酒の力も関係しているのかもしれない。

……そうして、最終的に。

「……じゃあもう、アレじゃね？」

目をバキバキにさせたヤミが、殺意すら感じさせるような低い声で、

「今からふたりを呼び出して、どっちかがぶっ倒れるまでケンカさせる……って感じか？」

「うん――それでいいんじゃないかな？」

「よくないでしょおおおおォォォッ!!」

そこでようやくマルクスが仲裁に入れたものの、もはやふたりの目は据《す》わっていた。

ヤミだけならまだしも、ヴァンジャンスまでこんな目をするのは珍《めずら》しい。あるいは初めてかもしれない。それくらい団員に思い入れがある、ということなのだろうが……。

「ちょ、ちょっと待ってくださいよ！　今からって……さすがに急すぎますよ!?　それに彼らは同郷《どうきょう》でしょう!?　こちらの都合《つごう》でいきなり戦わせるなんて、ひどすぎますよ!!」

「いや、彼らは昔から、そうやって実戦形式で修業《しゅぎょう》をしていたらしいよ。それを再現してほしいというだけなんだから、そこまで無理なお願いにはならないんじゃないかな」

と、意外に冷静な意見を述べるヴァンジャンス。感情だけで動いているわけではないらしいが、それだけにたちが悪い。理詰《りづ》めで冷静にキレる人が、一番おっかないのだ。

「いや、そうなのかもしれませんが……いますぐ始める必要はないでしょう!?　この食事会はどうするのですか!?」

「うるせーなー。ふたりのケンカを見ながら飲み食いすりゃいいだろうが」

「なんですか、その悪趣味な金持ちの道楽《どうらく》みたいなやつ！　トラウマになりますよ！」

きょうだい同然に育ったふたりに無理やり死闘《しとう》をさせ、その様子をニヤニヤしながら眺める。もはやそれは悪魔の所業《しょぎょう》だ。いや、この男は破壊神《はかいしん》と呼ばれているが。

というか、このふたりがそんなことを言いだしてしまったら、おそらく……！

「カカッ。オイ、ヤミィ。そんな面白《おもしろ》そうな見世物《みせもの》、ふたりだけで楽しむ気かぁ？」

マルクスの予感を的中させるように、ジャックが会話へと入ってきた。

「オレも混ぜろよ。そんで、勝ったほうを裂《さ》かせやがれ」

「ええっ⁉　ジャックさんも行っちゃうんですか⁉」

連鎖的にリルが反応し、横目でシャーロットとノゼルのことを見ながら、

「あふふ……じゃ、じゃあ、僕も行かせてもらおうかなあ。べ、べつに、特定の誰かたちとこの場にいるのが気まずい、とかでは、決してないですけど！」

「……なにを怯《おび》えているか知らんが、私もその場に同席するぞ」

「えええええっ⁉」

白目を剝《む》くリルをよそに、シャーロットも静かに参加を表明した。

マルクスも白目を剝きそうになりながら、

「そ、そんな……シャーロット団長まで、どうしたのですか⁉」

「……常《つね》であれば、コイツらがなにを始めようが知ったことではない。しかしいまは、星果祭を目前に控えた大事な時期だ。バカな男がバカなことをしないよう、見張っておく役目の者が必要だろう」


そこでなぜか、チラチラとヤミの顔を盗み見ながら、

「……コイツには、誰かしらがついていないと、危なっかしいからな」

そんな彼女の態度に、ヤミとジャックは再び顔を見合わせて、

「……なあ、ジャック。マジで今日、コイツどうしたの？　誰かしらがついてないと、って……なに、オレ、後ろからついてこられながら、こう……ザクっといかれるのっ⁉」

「お、落ち着けよ、ヤミ！　よく思い出せ！　たぶんオマエ、コイツの怒《いか》りを買うようなことしたんだよ！　なんか、こう……山を汚した、とか」

「……こ、殺す‼」

「殺さないでくださいっ！」

「ド、ドロシー団長、ノゼル団長！　アナタたちだって、そんなことをするのはおかしいと思いますよねっ⁉」


両手を広げてヤミを守りながら、藁《わら》にもすがる思いでそう呼びかけてみる。このふたりが協力してくれるとは思えなかったが、会話に入っていないのは彼らだけなのだ。他に頼れる者がいない以上、淡《あわ》い期待に賭けるしかなかった。

……いや、しかし考えてみれば、ふたりはこの場において、積極的に盛りあげるような姿勢はなかったが、場を壊すようなこともしていないのだ。

なんだかんだいっても、それなりに居心地《いごこち》のよさを感じているのかもしれない。

だとしたら、他の団長を説得することに、少しは協力してくれるかもしれない。

そんな期待をこめつつ、マルクスはふたりからのレスポンスを待っていたのだが、

「……………………っ」

「ぐー……ぐー……ぐぐ、ぐーぐぐ……ぐー……ぐー」

ダメだった。ノゼルからは『知るか。背骨をブチ折るぞ』みたいな目で睨まれ、ドロシーからはいびきで謎の返事をされたのみだった。

……やはり、マルクスひとりでなんとかするしかないようだ。

「お、落ち着いてくださいよ、皆さん！　とりあえずいったん席に座りましょう！　この食事会は、魔法帝が設《もう》けた正式な席なのですよ⁉　無下《むげ》にすることは許されません！」

あまり言いたくはなかったが、魔法帝の権力を借りた一言を発動する。

それでも場が収《おさ》まるかどうかはわからなかったが……。

「……というか、それとは無関係に、無下にしないであげてください」

確かに、急すぎる話だったかもしれない。

確かに、政略的な損得勘定も加味していたのかもしれない。

しかし、

「……魔法帝は、皆さんの親交を深めるために、この場を設けたのですよ」

――それだけは、わかってもらいたかったのだ。

「確かに不器用なやり方であるとは思います。無理があるとも思います。というか、自分で主催しておいて自分が来ないとか、どれだけ無責任なんだ、あの魔法マニア、とか、一度くらいどこかで誰かに痛い目にあわされてくれないかなあ、なんて思ったりもします」

「ア、アレ？　マルクスさん、フォローしようとしてます？　それとも、シンプルに悪口言ってます？」

リルの心配そうな声で我に返った。危《あや》うく日ごろの不満が噴出してしまうところだった。

「と、とにかく、皆さんの関係を案じて、この席を用意したのは、紛《まぎ》れもない事実なのです……そういった場を、こんなふうに諍《いさか》いの種《たね》とするようなことは、してほしくないのです」

「………………」

マルクスの必死な訴えに、その場がシンと静まり返った。

……これはこれで、魔法帝が意図《いと》した展開とは程遠《ほどとお》いものになってしまっただろう。たとえ魔法帝が来たって、この空気を盛り返すのは、どうあがいたって不可能だ。

しかしこうする以外、この場を収める手段は見つからなかった。

やはり、このメンツが仲良くすることなんて……。

「……くだらん」

そんな空気に追い打ちをかけるようにして、ノゼルがそう言い、ゆっくりと席を立った。

そうしてそのまま、出口へと向かっていく。

「……あ、ちょっと、ノゼル団長、どこへ行くのです⁉」

マルクスの言葉に、ノゼルは立ち止まったものの、恐ろしく冷たい目で振り返って、

「帰るのだ。我々の友誼《ゆうぎ》を深めることが目的だったのだろう？　しかし、場が乱れてそれが叶《かな》わなくなった。だったらこの場に居残ることは無意味だろう」

「………………」

ものすごく、正論だった。

「……というか、土台からして無理がある話だとは思わなかったか？　この私が、元平民や異邦人《いほうじん》、没落貴族の女と馴《な》れ合《あ》うとでも？」

冷えた視線をひとりひとりに振ってから、もう一度マルクスに視線を合わせて、

「戦争が激化の一途《いっと》をたどるなか、確かに各騎士団の連携は必須《ひっす》といえるだろう。しかし連携と慣れ合いは同義ではない。むしろ中途半端《はんぱ》な馴れ合いは油断《ゆだん》を生み、油断は連携をかき乱す材料となる。こんな無意味な会合に時間を割《さ》くよりも、合同演習などを実施したほうが、よほど有意義だと思うのだが」

「無意味、って……！」

反論ができなかった。極論ではあるものの、間違ってはいなかったからだ。

しかし魔法帝は……！

「……そういう考え方から議論する、っていうのも、この場を設けた狙《ねら》いのひとつなんじゃねーの？　あのダンナのさ」

「……………！」

マルクスの胸中《きょうちゅう》に浮かんでいた台詞を口に出したのは、ヤミ。

彼はいつもどおりの死んだ目で、ごくごくいつもどおりの口調で、

「それと、確かに馴れ合いは中途半端だと油断になっちまうけど、中途半端じゃなければ信頼っつーもんになって、そいつは連携を強化するもんなんだぜ……って、死んだじーちゃんが言ってた気が……しなくもないような気がしないでもねえよ、うん」

「……黙れ異邦人。貴様はわけのわからん提案をして、場を乱していたではないか」

「ああ、あの、ユノアスタを戦わせるってヤツ？　うん、いい感じの余興になるかなって思ったんだけど、ダメだったな。失敗しちまった」

ヤミがヴァンジャンスに視線を振ると、彼も苦笑しながら、

「うん。はは、やはり慣れないことはするものではないね。先ほどにも言ったとおり、本当に少し戦闘演習をしてもらって、あとはこの場でご飯でも食べてもらおうと思ったのだけど……確かに、不謹慎《ふきんしん》な提案かもしれないね。悪乗りが過ぎたよ。その点は申《もう》し訳《わけ》なかった」

「……え？」

マルクスは目を丸くしながら言う。

もしかしてこのふたりは、この場を盛りあげるために、あんな提案を？

しかしマルクスがつっこみを入れたり、無理やり場を収めようとして、変な空気にしてしまったため、未遂《みすい》に終わってしまった、ということなのだろうか……？

「まあまあ、とりあえず座れよ、プライドの塊《かたまり》さん。べつにオレらと仲良くしろとは言わねえけどさ、魔法帝が来るくらいまでは待ってやってもいいんじゃね？　そんで、さっきの話をしてから帰るんだって、べつに遅かねーだろ？」

「………………」

ヤミの言葉を受けて、ノゼルが口を開こうした、その時、

『――おっと……やっとつながったね』

ヴァンッ、という歪《ひず》んだ音とともに、マルクスの目の前に、通信魔法で映《うつ》し出《だ》された魔法帝の顔が現れた。

「ま、魔法帝っ！　アナタ……どこほっつき歩いてるんですかあああァァァッ!?」

その瞬間、マルクスは半泣きになって叫ぶ。映像だということはわかっていたが、その身体《からだ》にすがりつきそうになってしまった。

『はは、ごめんごめん。ちょっとゴーレムの解析に興が乗りすぎちゃってさ』

「乗りすぎちゃってさ、じゃないですよ！　みんな待っているんですよ！　いまどこにいるんですか⁉」

　マルクスの必死な呼びかけに、魔法帝は少しだけ困ったように頭を掻《か》いて、

『……地下牢《ちかろう》だよ。「白夜の魔眼」の捕虜《ほりょ》を拘束《こうそく》していたところさ。そこに魔導具で結界《けっかい》を作ってからゴーレムを復元して、作動確認をしていたんだ』

……なるほど。盲点だった。確かにあの部屋は広くて頑丈《がんじょう》だ。通信がうまくいかなかったのも、結界のせいだったのかもしれない。

『ただ、その……ゴーレムの体内に、魔法空間があるって言ったろう？　その中はどうなってるんだろうと思って、いろいろいじってみたら、中に入れたんだけどさ……』

　そこからさらに、ユリウスは気まずそうな声を出して、

『魔力が尽《つ》きて……出られなくなっちゃったんだよね……その、魔法空間の中から』

「「「「…………………………」」」」

　そのときの一同の感情は、怒りとか、悲しさとか、情けなさ、とかではない。

　完全な『無』だ。

『だから、その、言いづらいんだけど……』

　そんな一同の視線を一身に浴びながら、魔法帝はもう一度頭を掻いて、

『……みんなで、助けに来てくれない、かな？』

「カカッ。この扉の向こう側に、そのゴーレムがいる……ってことで、いいんだよな？」

「ってことだよな……あーでも、さすがにここまでくると、結界越しにでもちょっとわかるな、これ。ヤベェ魔力がダダ漏《も》れしてるよ」

地下牢の扉の前にて。

ジャックとヤミはそんな会話をして、他の団長たちもわずかに身を引《ひ》き締《し》めた。

ユリウスからの通信を受けた、その後。

一同はなんともいえない感情になりながらも、戦闘準備を整えて、静かにこの場所までやってきたのだった。

「もうアナタに、魔法帝としての自覚を持てとは言いません。しかしご自分が四十二歳だということは忘れないでください。もう初老に近づいているのです。少し身体を慮《おもんぱか》った行動をですね……」

『……はい……はい……はい……はい……』

……いや、ここに来るまでの間、通信魔法を介してマルクスがユリウスにお説教《せっきょう》をしていたので、そこまで静かではなかったかもしれないが。

それはともかく。

「なあ、ユリウスのダンナ。この結界って、中にいるもんは閉じこめられるけど、外から来たもんは自由に入れるんスよね？」

『あ、う、うん。そうだよ。そして、その作動のスイッチは、私が持っているんだ』

「……なるほどな」

つまり一度この扉の中に入ってしまったら、ゴーレムを倒してユリウスを救出するまで、外には出られない……と。

まあ、いざとなったら『新技《しんわざ》』で結界を破ればいいだけの話なのだが、得策《とくさく》ではないだろう。ゴーレムを討《う》ち漏《も》らしてしまった場合、外に逃げ出してしまう恐れがあるからだ。

ヤミがそんなことを思っていると、ノゼルは相変わらずの冷めた口調で、

「敵の数と、特性はどのようなものなのですか？」

『数は十体。能力で確認できているのは、魔法の免疫《めんえき》作成能力とコピー能力だね。一度受けた攻撃は効《き》かなくしてしまうし、受けた魔法攻撃を自分の技として使ってくるんだ。ちなみに、敵はいくらバラバラにしても、魔法空間の中には影響がないみたいだから、僕にかまわず存分《ぞんぶん》にやってくれて大丈夫だよ』

ユリウスはよどみのない口調ですらすらと答える。

一同は思う。そこまでわかっているのに、なぜ閉じこめられてしまったのだろうか、と。

『それと、ある意味これが一番厄介《やっかい》なことなんだけど……っ』

と、ユリウスがなにやら重要なことを言いかけたのだが、

「……え、ちょ、魔法帝！　どうしたのですか、魔法帝⁉」

ブツン、と、突如《とつじょ》として通信がとぎれてしまう。マルクスが繰り返し呼びかけるが反応はなし。再接続を試《こころ》みても、応答がなくなってしまった。

「……うっわー。なに、いまの通信のとぎれ方。超怖《こえ》ぇやつじゃん。アレだよ、見つけ出したときには、変な死に方してました、のやつだよ」

「え、縁起《えんぎ》でもないこと言わないでください！　先ほどまでと同じように、通信の状態が不安定になってしまっただけですよ、きっと！」

ヤミの冗談に、マルクスは顔色を悪くしながら言葉を返す。その後ろにいたヴァンジャンスは黙考《もっこう》してから、

「あるいは、魔力が完全に切れてしまったか……あまり考えたくはないが、その魔法空間なるものに長時間いると、人体になにかしらの悪影響が出てしまう、という可能性もある……どのみち、早く助け出したほうがいいかもしれないね」

と言って、ブックポーチから魔導書《グリモワール》を取り出した。

「とはいえ、相手は未知の敵だ。中の様子がわからないから、明確な作戦は立てられないけど、油断だけはしないようにしよう」

「……ふん。『金色の夜明け』団の団長ともなると、当然のように陣頭指揮《じんとうしき》をとれるものな

のだな」

皮肉《ひにく》交じりの一言を漏らしながら、ノゼルも魔導書《グリモワール》を手に取り、

「要《よう》は免疫を作る間もなく破壊するか、ポイゾットの時のように、物体を利用して攻撃すればよいのだろう……その程度の特性のゴーレムだったら、私ひとりでも十分だ。貴様らは夕餉《ゆうげ》の続きをしていたらどうだ？」

「な、なに言ってるんですか、ノゼルさん！　魔法帝は『みんなで』って言ったんですから、みんなで行かないとダメですよ！」

と、リルは必死な様子《ようす》で言葉を返す。その背後ではシャーロットがため息を吐《つ》きながら、

「……リル。貴様は『魔法帝を助けたい』のか？　それとも『あの場に戻りたくない』のか？」

「も、もちろん魔法帝を助けたいですよ！　あ、あと……『何かに刺されたくない』です」

やりとりそのものは間の抜けたものだったが、ふたりとも魔導書《グリモワール》を持ち、隙《すき》のない構えで扉のほうを向いている。

全員の臨戦《りんせん》態勢が、整ったようだった。

「……ぐー……ぐー……ぐー……ぐー」

……いや、ただひとり、ドロシーからは寝息しか聞こえてこなかったが。

彼女は寝たままこの場所まで移動をし、寝たまま魔導書《グリモワール》を開いている。いよいよわけのわ

からない状態になっているので、ヤミはもう怪奇現象かなにかのように思うことにしていた。

「おっし。全員準備オッケーな？」

ドロシーは見なかったことにして、ヤミが抜《ぬ》き身《み》の刀を担《かつ》ぎながら訊《たず》ねる。全員が小さく頷くのを確認して、ドアノブに手をかけた。

「じゃ、全員、油断しねえように、ってことで」

軽い調子で言ってから、重厚な扉を開け放った。


――実際。

このとき彼らには、わずかながら油断があった。

相手がどんなに強大なものかしれないが、こちらは魔法騎士団長が七名。

負けるはずなどないのだ。

あからさまに油断していたものは、誰一人としていない。

しかし『負けない』という前提がどこかにあって、それが気のゆるみを生んでいた。

……それさえなければ、きっと、あんなことにはならなかったはずだ。


『『『魔力反応ヲ、感知シマシタ』』』

一同が部屋の中に飛びこんだ瞬間、部屋のいたるところで甲高《かんだか》い声があがった。

件《くだん》のゴーレム——真《ま》っ黒《くろ》なガイコツは、ユリウスの言葉どおり、全部で十体。

彼らは部屋の各所に散らばっていたが、一同を銀色の目で捉えると、ものすごい速さで群がってきた。

「うおぉ、思ったより気持ち悪っ！　生理的に無理だわオレ！　ちょ、なんとかしなさいよお、男子ぃ〜」

「カカッ！　テメエのオネエ口調のほうが、生理的に無理だっつーの!!」

軽口をたたきつつも、ヤミは敵のひとりに狙いを定《さだ》めて走る。

その背後を追うようにして、ジャックは大きくジャンプをした。

「闇魔法《やみまほう》〝闇纏《やみまとい》・無明斬《むみょうぎ》り〟」

まずはヤミが横一文字《いちもんじ》に刀を振るう。するとその延長線上に黒い刃《やいば》が生じ、凄《すさ》まじい速さでガイコツへと食らいついた。

刃はガイコツの胴体を真《ま》っ二《ぷた》つに叩《たた》き割《わ》ったが、それでも頭蓋骨がカタカタと鳴り、

『イイイイイ、イ、イ、イタ、痛ミ、ヲ、記憶シシ、シ』

「裂断魔法《れつだんまほう》〝デスサイズ〟!!」

ザガァッ!!

その頭蓋骨を、上空より放たれたジャックの魔力の斬撃《ざんげき》が襲い、頭ごと身体を縦《たて》に斬り裂いた。

しかし、斬撃はそれだけで終わらない。

二発、三発と追撃は降《ふ》り注《そそ》ぎ、瞬《また》く間にガイコツの身体を細切《こまぎ》れにしていった。

「カカッ。なるほどなあ。魔法攻撃を食らったあと、コピーするための隙ができるわけだ……そんでここまで裂かれちまえば、さすがに動きも止まる、って感じか」

斬撃を放った人物——ジャックは、着地するのと同時に分析する。彼の言うとおり、無残なまでに斬り裂かれたガイコツは、少しだけカタカタと鳴ったあと、ピクリとも動かなくなった。

「あと、こういうのはどうでしょう～？」

ガイコツの一体に狙いを定めつつ、リルが筆《ふで》とパレットを構えた。

すると、絵具のように色鮮やかな魔力が、パレットから吸い出されるようにして宙を舞い、徐々に筆の周《まわ》りへと集まっていく。

大蛇《だいじゃ》のように太くて長い、色の奔流《ほんりゅう》だ。

「絵画魔法《かいがまほう》〝レストクリシオンの泉《いずみ》〟!!」

指揮棒《タクト》のごとく筆を振るうと、奔流がガイコツへ向けて放たれ、瞬く間にその身体を包みこんだ。そのまま徐々に、石造りの地面へと展開・沈着していく。

地面をキャンバスとしてできあがったのは、泉を描いた一枚の絵画だ。

『痛ミヲキ、キキ、キ記憶キ、キ、記憶、キ、キ……』

その絵の中心に閉じこめられるようにして、ガイコツの身体は完全に束縛《そくばく》され、やがて完全に沈黙した。

「あふふふ～。どうやら、コピーする前に動きを完封する、っていうのも有効ですね～」

「……だから。ポイゾットのときにも言ったろう――生ぬるいことはするな」

嬉々《きき》として言うリルの脇《わき》を、シャーロットが通り過ぎていき、そのガイコツに向けてゆっくりと手をかざした。

「荊創成魔法《いばらそうせいまほう》〝四肢《しし》裂《ざ》きの棘槍《きょくそう》〟」

ドシュッ！

シャーロットが言うのと同時、彼女の背後に出現した無数の荊が、弾丸の如き勢いでガイコツに放たれていく。

何十本もの鋭い荊に貫《つらぬ》かれて、ガイコツの身体は絵画もろともバラバラに砕けていった。

「拘束をしたからどうなるというのだ。やるならこれくらいしろ」

「まあ、いいじゃないですか。動けなくしたほうが確実に仕留《しと》められる、ってことで♪」

「……フン」

そんなやりとりをしてから、ふたりは次なる標的へと向かっていく。

そして、さらにその背後では、

「水銀魔法《すいぎんまほう》〝銀《ぎん》の槍《やり》〟」

先行する四人の動きをサポートするようにして、ノゼルが次々と水銀の槍を放ち、ガイコツたちにけん制攻撃を加えている。

槍に穿《うが》たれたガイコツは動きを止め、その隙にジャックかヤミの凶刃《きょうじん》にかかるか、シャーロットによって串刺しに処され、あるいはリルの作品の一部となっていく。

そうした怒濤《どとう》の先制攻撃によって、一瞬にして敵の半数が砕け散った。

「すごい……！」

その様子を背後から眺めていたマルクスは、無意識にそう言ってしまう。

未知の敵を相手にいっさいひるまず、一瞬にして弱点を看破し、それを踏まえたうえでの戦法を確立して、ひとりひとりが確実に自分の仕事をこなしていく。

百戦錬磨《ひゃくせんれんま》を感じさせる、見事な手際《てぎわ》の制圧攻撃だ。

そこには、先ほどまでのぎくしゃくした空気などはいっさいない。

誰がどう動きたいかをおのおのが理解し、その二手三手先まで読んでいるような、一体感すら感じさせる戦闘だった。

やはり、この七人を（ひとり寝てるけど）脅《おびや》かせるものなんて……。

そんなふうにマルクスが安心しかけたとき、最後方で戦局《せんきょく》を見ていたヴァンジャンスが吠《ほ》える。

「——十二時方向にいる三体の魔力が増幅！　なにかするつもりかもしれないから、速やかに仕留めてくれ！」
　が、その指示に対して一同が動く前に、
『各デバイストノ、同期ヲ開始シマス』
　ヴンッ！
　ガイコツの一体が告げると、バラバラになったガイコツたちの目が、赤い光を灯《とも》した。
　続いて、まだ生き残っているガイコツたちの目にも同色の光が宿る。
　すべては一瞬の出来事だった。
　本当に、一瞬だったのだが……
『……同期完了——痛ミヲ返シマス』
　残る五体のガイコツたちは、一斉《いっせい》に魔法を放つ構えに入ると、
『闇魔法〝闇纏《ヤミマトイ》・無明《ムミヨウ》斬リ〟』
『裂断魔法〝デスサイズ〟』
『絵画魔法〝レストクリシオンノ泉《イズミ》〟』
『荊創成魔法〝四肢《シシ》裂《ザ》キノ棘槍《キヨクソウ》〟』
『水銀魔法〝銀《ギン》ノ槍《ヤリ》〟』
　ドガアアアアアアアアッ!!!
　団長たちの魔法が、ガイコツたちから一斉に放たれ、一同に襲いかかっていった。

「マジかよ……オイ⁉」

攻撃を避けつつ、ヤミは愕然《がくぜん》としてつぶやいた。

まだ攻撃を受けていないはずの個体が、こちらの技を放ってきたのだ。

ということは、つまり……。

「……コ、コイツら、著作権侵害《ちょさくけんしんがい》が怖くねえってのかよ⁉」

「カカッ。冗談言ってる場合でもなさそうだぜ……よくわかんねえけど、ようはコイツら、別の個体が受けた攻撃を、自分が受けたように認識できちまう、ってこったろ？」

同じく攻撃をいなしたジャックが、ヤミの近くに着地しながら言う。

「つまりコイツら一匹一匹が、オレたち全員の技を完コピできるうえに、その技が効かねえ状態になっちまった……ってことじゃね？」

そして、この先どんな攻撃を放ったとしても、また『同期』されてしまえば、残りの個体がどんどん強力になってしまう……と。

さきほどの攻撃によってそう理解した一同は、防戦へときり替えた。

もちろん八方ふさがりというわけではない。ノゼルの水銀魔法〝銀《ぎん》の雨《あめ》〟や、ヴァンジャンスの世界樹《せかいじゅ》魔法〝ミスティルテインの大樹《たいじゅ》〟などの広範囲魔法で同時撃破をしたり、物体を利用した攻撃にきり替えればいいだけの話なのだ。

しかし、そんなことをしたら結界は破壊され、この部屋だってただではすまないだろう。

ポイゾットのときのように部分的な損壊《そんかい》ではなく、完全に崩落《ほうらく》するおそれすらあるのだ。

一番確実なのは、全員の動きを封じたうえでの同時破壊だが、拘束系の魔法も通用しなくなってしまった。

——いや。

「……皆さん！　一体だけでかまいません！　ゴーレムを倒して、頭蓋骨を私にください！」

その可能性に気づくのと同時に、マルクスは全体に向けてそう言っていた。

「いきなりなんだよ？　頭蓋骨が欲しけりゃ、そこらにオレたちの倒したやつが……」

「いえ、少なくとも原型をとどめているものが欲しいのです！　ここまで損壊していると、うまく機能するかわからないので！」

「……機能？」

と、わずかに眉根《まゆね》を寄せたヤミだったが、マルクスの真剣な表情を見てとると、面倒くさそうに頭を掻いて、

「……ジャック、シャーロット。あの一番近くにいるやつやるからサポートして。他のやつらは、他のがこっちに来ねえようにけん制してくれ」

ヤミがそう言った直後、その指示どおりにするすると陣形が動いていく。

疑問を口にする者や、説明を求める者は、いない。

マルクスが——魔法帝の側近をひとりで務めあげている優秀な男が、ガイコツの首が欲し

いと言っているのだ。

従う理由としては、十分だ。

「裂断魔法〝ジャックナイフ〟!」

まずはジャックがけん制の一撃を加える。彼の手から放たれた無数の斬撃は、すべてガイコツに突き刺さったものの、その身体には小さな亀裂《きれつ》が入った程度だ。

その攻撃に反応して、ガイコツは凄まじい速さでこちらへと向かってきた。

「荊創成魔法〝四肢裂《ししざ》きの棘槍《きょくそう》〟‼」

続いてシャーロットも魔法を放つが、これも大きなダメージは与えられない。荊の槍はガイコツの身体に直撃しているのだが、敵はそのすべてを弾き飛ばしながら突進してきたのだった。

が、荊の猛攻を顔面にも受け、ガイコツの視界が閉ざされた、その一瞬の隙に、

「はい、じゃあ、ゴメンね。生首、ぶった斬《ぎ》るね」

居合腰で刀を構えるヤミが、ガイコツの背後を取っていた。

「闇魔法〝闇纏《やみまとい》・黒刃《くろば》〟」

ヒュゴッ‼

横一線に振りぬかれた黒い刃は、ガイコツの首から上だけを刈りとって、返す刃でその胴体をも斜《なな》めに斬り伏せた。

ジャックの攻撃を呼び水としてガイコツをおびき寄せ、シャーロットが視界を奪い、その隙にヤミが近づいてトドメを刺す。そして一連の動きに邪魔が入らないように、ほかのメンツで残り四体の動きを制していた……と。

自分で頼んでおいてなんだが、その手際《てぎわ》の良さに、マルクスは改めて感服してしまった。

「ほらよ、前髪パッツン。まだ動くかもしんねーから気をつけろ」

「あ……はい！」

ボーっとするマルクスに、なんとも無造作《むぞうさ》に頭蓋骨が投げ渡された。確かにまだカタカタといっているが、そこは問題ない。これだけ原型が残っていれば……。

「うわ……すいません、ヤミさん！　そっちにふたつ向かいました!!」

その時、リルの焦《あせ》った声とともに、ガイコツ二体がヤミへと突っ走ってきた。

そして、そちらに気をとられていて、反応が遅れた。

『絵画魔法〝レストクリシオンノ泉《イズミ》〟』

「!!」

たったいまヤミが斬り伏せたガイコツから、リルの魔法が放たれて、ヤミに向かって伸びていく。やはり傷が浅すぎたようだ。

「……っち！」

ヤミは横に飛んで避けようとしたが、足の一部を色の奔流がかすめ、そのまま地面へと縫《ぬ》い止《と》められてしまう。

動けなくなった彼に向けて、二体のガイコツが魔法攻撃を放とうとして――。

「時間拘束《じかんこうそく》魔法〝クロノ スタシス〟」

ヴンンン……。

ガイコツたちが、一瞬にして球状の魔力に包みこまれ、その動きを完全に停止した。

というか、強制的に停止をさせられた。

……そんなことができる人物を、一同はひとりしか知らない。

「――やあ。なんとか間に合ったみたいだね」

魔法帝、ユリウス・ノヴァクロノ。

いつもどおりの柔《やわ》らかな笑顔をたたえて、彼は颯爽《さっそう》とその場に現れたのだった。

「中から外の様子を見ることができたのだけど……その……よ、よくやってくれたね、みんな！ 見事だったよ！ うん……あの、うん」

……いや、さすがにちょっと気まずそうだったが。

「ま、魔法帝っ!? なんで……！」

リルは驚愕《きょうがく》したようにそう言い、他の一同も驚きの表情で彼を見ていた。

ガイコツの中に閉じこめられていた彼が、なぜこの場に参じることができたのか……？

「……私が、出しました」

そんな一同の疑問に答えたのは、疲れきったような表情のマルクスだ。

彼は頭蓋骨を手に持ち、指先を下顎《したあご》の部分にあてがっていた。

「ガイコツのこの部分を押すと、魔法空間の中身を排出できると聞いていたので……いや、実践《じっせん》したわけではなかったので、だいぶ不安ではありましたが……」

本当に一か八かだったのだろう。ガイコツの下顎を押したその指は、まだわずかに震えていた。

「でも、魔法帝がどのガイコツの中にいるかなんて、わからなかったはずじゃあ……あっ」

言ったあと、リルはなにかに思いいたったような顔をする。

マルクスはひとつ頷いて、

「彼らは『同期』をすると言っていました。つまり、『おのおのが同じ状態を保つ』ということです。ですから、魔法空間の中身も共有したのではないかと考えたのですが……どうやら、その考えで合っていたようですね」

――というか、合っていてくれて本当によかった、だ。ほとんどは賭けだったのだから。

その考えが間違っていたら、あるいは、壊れた頭蓋骨にユリウスが入っていたらと思うと、ゾッとする。

いや、後者だったら復元すればいいだけの話だったかもしれないが、どのみち時間はかかっていたろう。この場でこうしてヤミを救うことは叶わなかったはずだ。

なんにせよ、ことなきを得ることができて、本当に……。

『痛ミ……ヲ……キ、キ、キ、キオ、記憶、記憶シ、シシ、シ……』

「!!」

一同が安堵の息をつこうしたとき、拘束されたガイコツが、カタカタと震えだした。

「ちょ、ま、魔法帝⁉ 動いてます! 動いてますよ、このガイコツッ⁉」

「あ、あれ? あはは、思ったよりも、弱ってなかったのかな⁉」

そんなふうにリルとやりとりしてから、ユリウスは一同に向けて、

「みんな、私が合図をしたら拘束を解《と》く! その直後、一斉に魔法攻撃を……」

「必要ねえっス」

ユリウスの指示を遮るように、ヤミが刀を担ぎながらそう言って、

「オレがぶった斬るんで、その後にまだ動くようなら、トドメだけ頼んます」

その刃から、凄まじい量の魔力を、黒煙のごとく立ち上らせた。

「……カカッ。オイ、ヤミ。オマエ、今度はなにするつもりだあ?」

「なにって……だからぶった斬るんだよ。あのガイコツどもを」

ジャックの質問に答えつつ、ヤミは四体のガイコツに狙いを定めて、

「空間ごとな」

——闇魔法〝闇纏《やみまとい》・次元斬《じげんぎ》り〟

ザンッ!!

横一線に振るわれたヤミの刃は、その延長線上にいた四体のガイコツを、ユリウスの魔法もろとも真っ二つに叩き斬った。

上下ふたつに分かれたガイコツたちは、まだカタカタと鳴っていたが、

「みんな、その場から動かないで!」

ユリウスが鋭く吠《ほ》え、魔力攻撃を放つ。

正確無比に放たれた球状の魔力を受けて、ガイコツたちは跡形《あとかた》もなく砕け散っていった。

「……終わっ……た」

黒い塵《ちり》と化していくガイコツを確認して、マルクスはへたりこむように座ってしまった。

——今度こそ本当に、片がついたようだった。

残る問題は……。

「ヤ、ヤミ! なんだいさっきの魔法!? 僕の魔法ごと斬り裂いちゃうなんて、すごいじゃないか! 結界も破っちゃったみたいだし……ねえ、もう一回やってみせてよ、もう一回!」

……この魔法マニアのオッサンに、どんな説教をするか、だ。

「いや、本当に申し訳ない!! ここまで大事《おおごと》になるとは思わなくて……」

一同に取り囲まれたユリウスは、誠心誠意をこめて謝罪をしていた。

「カカッ。オレはべつにいいんスけどね〜。まあまあ裂きごたえがあるやつとやれたし」

愉快《ゆかい》そうに告げてから、ジャックは部屋の隅《すみ》に集められたガイコツたちに視線を振る。

あのあと、一同はガイコツたちを回収するとともに、部屋に戦闘の跡《あと》が残らないように工作を施《ほどこ》した。もちろん、魔法鑑識課や処理班などは呼んでいない。

ことを大きくしたくなかった、というより、魔法帝が——魔法騎士団のトップが、こんなアレなことをしたという事実を、周囲に知られたくなかったからだ。

「あはは……そう言ってもらえると、助かるのだけど……」

「助かるのだけど、じゃないでしょう⁉　今回はたまたま団長たちがいたから良かったものの、ひとりのときにあんなことになったら、どうするおつもりだったのですか⁉　そういうところですよ！　四十二歳の自覚が足《た》りない部分‼」

「……はい……はい……はい……はい……」

……ちなみに、事後処理をしている間も、マルクスによるお説教はずっと続いていた。

彼が言うべきことを言ってくれたので、一同がなにか言う必要もなくなり、だんだん怒りや呆《あき》れも収まっていったのだった。

なんだったら、ちょっとかわいそう、とすら思っていた。

「……では、片づけもすんだことですし、私はこれで」

「え、ええ⁉　もう帰っちゃうのかい⁉　食事会は⁉」

ノゼルの台詞に、ユリウスがショックを受けたように言葉を返す。

ノゼルは相変わらずの涼しい表情で、

「事後処理で多大な時間を要したため、料理は冷《さ》めているでしょうし、酒も冷やすべきものがぬるくなっていると思われます。本部を使える時間にも限りがありますので、中止にしたほうが賢明かと」

「………………」

ものすごく、正論だった。

「それに……」

と、そこでノゼルは、再び一同を見回して、

「……先ほどの戦闘を見てご理解いただけたでしょう？　そのようなことをせずとも、我々騎士団長は、こうして互いの実力を認め合っています」

「………………」

意外な一言を、口にした。

「もちろん、実力以外のことはなにひとつ認めていない。そもそも私は、王族や貴族以外の者が団長の座に着くことは反対です。それ以外の有象無象《うぞうむぞう》がこの地位にいることを、未《いま》だに納得してはいません……！」

そこで怒りのようなものが混じった気がしたが、気を取り直すように咳払《せきばら》いをして、

「しかし、私が納得するしないにかかわらず、この者たちが団長になるほどの実力を持っていることは、知っています。そして、肩を並べて戦えることもまた事実……それさえ理解していれば、充分でしょう」

「……まあ、回りくどい言いかたなのはアレだけど、その考えにはオレも賛成っすね」

そこで会話に割りこんできたのはヤミだ。ノゼルが、ムッ、とした目で睨《にら》んでくるが、それにかまわず一歩進み出て、

「確かにオレたち、ふだんはそんな仲良かねーけどさ、イザってときにはそれなりに連携して動けるんだから、プライベートのほうまで面倒見てくれなくても平気だよ」

ユリウスと目を合わせ、ただただ当たり前のことを言うように、

「——アンタが作った魔法騎士団は、そんなヤワじゃねえよ」

少しだけ柔らかに笑いながら、言いきった。

「ああ……そのようだね」

こちらも口元を緩ませつつ、ユリウスは頷き返す。

ここ数週間、ユリウスが裏と表で動き回って、ひとつわかったことがある。

彼らは——クローバー王国の魔法騎士団員は、ユリウスが思っていたよりも、ずっとしっかりしているということだ。

あるいは、小細工をする必要すらなかったかもしれなかったが、それはそれでよかった。

彼らには、苦難を退《しりぞ》けるだけの力があるということが、わかった。

そして、徐々にではあるが、確実に成長しているということを、感じとれた。

それがわかっただけでも、充分なのだ。

「……では、解散ということでよろしいでしょうか？」

温かな思いに浸《ひた》るユリウスに、ノゼルの淡白《たんぱく》な一言が突き刺さる。

ユリウスは軽く頬を掻いて苦笑しながら、

「う、うん。そうだね。そんな空気でもないし……ヤミの言うとおり、君たちの私的な関係にまで立ち入る必要はなさそうだ。はは、先ほどの連携も見事だったしね」

……いや、というか。

そんなこと、いいいいいいい、ユリウスにはわかりいいいきっていいいいたこといいいいだった。

プライベートな場ではともかく、場所が戦場となれば、彼らは凄まじいまでの連携能力を発揮する。そんなことは、とっくの昔から知っていることだ。

今回、食事会の場を用意したのは、そんなことを確認したかったからではなくて……。

「……どうしたんだよ、ユリウスのダンナ？　オレらの顔になんかついてんのか？」

無意識に団長たちの顔を見ていたらしく、ユリウスは慌てて目を逸《そ》らした。

「あ……いや……」

……星果祭以降は『紅蓮《ぐれん》の師子王《ししおう》』と『紫苑《しおん》の鯱《しゃち》』に新団長が補てんされて、九人体制に戻る。つまりこの七人で集まるのは、今回の団長会議で最後なのだ。

——最後に一度くらい、皆の顔を見ながら食事がしたい。

マルクスに言った内容は、すべて建前《たてまえ》と言ってもいい。

食事会の本来の目的は、『みんなで仲良くご飯を食べる』ことだったのだ。

「……なんでもないよ。本当に、騒がせてごめんね」

しかし、そんな私的なことが言える雰囲気ではないし、確かに料理も酒も微妙な状態になってしまっているだろう。今回はおとなしく、諦めたほうがよさそうだ。

「……それに、久々にみんなの戦闘を見られたことだしね」

「ん？　なんか言った？」

「……い、いや。なんでもないよ」

ヤミの質問に答えてから、ユリウスはいつもの穏やかな笑顔を張りつけた。

——実際。

彼らに助けてもらわなくても、自力で魔法空間の中から脱出することも、ガイコツを全滅させることも、ユリウスにはできたのだ。

ついでに言えば、魔力が尽きていたというのも嘘《うそ》だ。でなければ、魔法空間から出てきた直後に、魔法を二発も放つことなどできない。

団長たちの力は、もちろん信用している。連携して動いてくれることも知っている。

しかし魔法騎士団を束《たば》ねる者として、ポイゾットやフエゴレオンが抜けたあと、団長たちがどこまで連携して動けるのかを、実際に見て確認しておきたかったのだ。

そこで、今回の『ハプニング』を利用することを思いついた。

ものすごく不謹慎なことではあるのだが、このメンツが共闘《きょうとう》する機会なんてそうそうない。

合同演習をするにしても大がかりになりすぎるし、演習では真の力は発揮されないだろう。

というかまず、彼らと対等以上に戦える相手なんていないのだ。

そういった意味でも、今回のゴーレム退治はあとにも先にもないチャンスだった。ユリウスは多少の非難をされることになるだろうが、逆に彼らの戦闘が見られたのだ。安すぎる代償だった。

……まあ、結果として食事会は流れてしまったが、それもしかたがない。また次の機会に期待をするとしよう。

なんてことをユリウスが考えていると、ヤミがこちらの顔をジッと見つめながら、

「な〜んか引っかかるんだよなあ……ちょっと本気出して氣《き》ぃ読んでみてもいい？」

「い、いや、はは！　そ、そんなことしたってなんにもならないよ！　それより、ほら、解散をするのなら、早くここから出てしまおう！」

ユリウスが焦りながら促《うなが》すのとほぼ同時、ノゼルは軽く頭を下げると、

「それでは、失礼します」

と、なんの躊躇《ちゅうちょ》もなく踵《きびす》を返し、出口へ向けて歩きだしてしまった。これはこれで悲しいものがあるが、彼にしてはよくつき合ってくれたほうだろう。

「いやあ、残念ですねえっ！　あふふ、せっかく皆さんとお食事できる機会だったのに、中止になっちゃうなんて！　もっとおしゃべりしたかったなあ〜！」

「カカッ。そうかあ。じゃあ次も、オマエはシャーロットの隣の席だな」

ノゼルの後に続くように、リルとジャックもそんなやりとりをしながら歩きだし、

「……ふざけるな。この私が、二度もくだらん座興につき合うと思うか」

「……ぐー……ぐー……ぐー……」

他の団長たちも雑談交《ま》じりに出口に向かっていった。誰ひとりとして再開を望む者がいないあたり、やはりみんなそれなりに嫌《いや》だったのだろう。シャーロットにいたっては『くだらん』とか言っているし。

しかし、それはそれでいいのだ。

確かに彼らの関係性は、良いとは言えないだろう。

しかしそうであるからこそ、互いにぶつかり合い、盗み合い、高め合っていく。

そうして切磋琢磨《せっさたくま》していくことで魔法騎士団は成立しているのだ。

お互いを高め合うのではなく、単純な足の引っ張り合いになってしまうことを恐れ、ユリウスは裏や表で動き回ってきた。必要があれば、もう少し大規模に動くつもりでもいた。

しかし先ほども感じたように、そうするまでもないだろう。

こうして団長同士が切磋琢磨を体現し、それを基本姿勢として団員たちに示しているのだ。すべての魔法騎士団員が彼らのような意識を持ってくれる日も、そう遠くはないかもしれない。

そうして互いの力を高め、それを一枚岩として固めていくことができれば、この厳しい状況だって、きっと乗り越えていけるだろう……と。

温かな気持ちとともに彼らに続きながら、ユリウスはそんなことを思うのだった。

「……だから、さっきからなにニヤニヤしてんだよ。怖いからやめてくれる？」

またも考えていたことが顔に出ていたらしく、隣を歩くヤミがそんなことを言ってくる。

ユリウスはほころんだ表情のまま、ヤミのほうを向いて、

「ん～？　なんでもないよ。みんな、成長してくれてるなあ、と思ってさ」

「……なんだよ、それ」

ヤミは失笑交《ま》じりにそう言ってから、なぜかハッとした表情になって、

「オ、オイ、マジかよ。薄々感づいてはいたけど、アンタもしかして、オレのことをやらしい目で見て……!?」

「うん。前々から言おうと思っていたのだけど、君のその冗談、君が思っている以上に、周りの人はリアクションに困っていると思うよ」

自分の胸元を隠しながら言うヤミに、ユリウスが苦笑交じりにツッコミを入れた――。

そのとき。

「み、皆さん！」

その場を去ろうとする一同に向けて、マルクスの声がかかった。

彼はなぜか、再び脂汗を浮かべながら、唇《くちびる》を小刻《こきざ》みに震わせている。

なにか大事なことを言わなくてはいけない……しかし、言いたくない。

そんなせめぎ合いのなかで、苦しんでいるような表情だ。

しかしやがて、意を決したように。

「……飲み会が、盛りあがったときのことを、考えて……ですね」

震える手を、ローブの内側に差しこんで、

「二次会の場所として、個室で歌いながらお酒が飲めるところを……予約してあります」

とある居酒屋のチラシを、取り出した。

「「「……………」」」

再び一同の間に、重い沈黙が横たわった。

――マルクスは、優秀な男だった。

そして、マジメな男でもあった。

優秀であるがゆえに、二次会の可能性を考えてしまった。

マジメであるがゆえに、言わなくてもいい情報を開示してしまった。

……そして、その結果、

「な……なにしてくれるんですか、マルクスさんッ⁉　このメンツで盛りあがるって……そんなことあるわけないでしょうよおぉぉぉォォォッ⁉」

ものすごく失礼なことを言いながら、リルが白目を剝いてつかみかかってきた。

「しかも、個室で歌いながらって……正気ですか⁉　このメンツでそんなんするって……どんだけカオスな絵面《えづら》なんですか、それ⁉」

「しかたないでしょうっ！　急な話だったので、そういった場所しか予約が取れなかったのです！　このメンツで大衆料理屋は無理ですよ！　営業妨害になりかねない！」

リルとマルクスの失礼なやりとりに、ジャックが目を光らせながら近づいてきて、

「いいじゃねえかよリルゥ〜。オレ様とシャーロットで挟《はさ》んでやるからよぉ。いろいろお話聞かせてくれや。カカッ、ふだんオレらをどう思ってるか、とかよぉ〜」

ジャックがリルの肩をつかむと、シャーロットがムッとした表情で、

「オイ、ジャック。私はまだそのような場所に行くとは……」

「え、なにそれ。面白そうじゃん。オレも行こ〜っと」

「……ふぇ？」

ヤミが参加の意を示すと、シャーロットは裏声になりながら彼に振り返る。

そうしてから、軽く咳ばらいをして、

「ま、まあ。またバカな男がなにをしでかすかわからないからな……わ、私も、同席してやるとしよう」

告げるのと同時、ヤミとジャックはいっきに顔を青くして、

「……だ、だからテメエ、さっきからなんなんだよ⁉　オレの命が狙いなんだろっ⁉　やるならさっさとやってくれよ！　変に焦《じ》らすのやめてくれよおおおォォォォッ！」

「お、落ち着けよ、ヤミ！　なにか生《い》け贄《にえ》とか用意すれば……よし、小鹿《こじか》の命を捧《ささ》げよう」

「貴様ら、いいかげんに……！　わ、わかった。そこまで言うなら望みどおり、貴様らの命で話をつけてやろう。そこに直れ……リル」

「いや、なんで僕からっ⁉」

「はは。まあ、みんな、いったん落ち着こうよ」

すでにカオスな空気が漂い始めるなか、ヴァンジャンスが苦笑しながら声を落とした。

そうしてから、ユリウスへと視線を振って、

「食事会を提案してくれたのは魔法帝だ。行くかどうかの判断は、魔法帝に委《ゆだ》ねるべきだと思うのだけれど」

その一言によって、一同の視線がユリウスへと集中した。

「……うーん。そうだなあ」

涙目のリル。ひたすら嫌そうな目をするノゼル。なにかを懇願《こんがん》する目のマルクス。

アンタの好きなようにしろよ、という目で見てくる、ヤミ。

さまざまな思いを乗せた視線が集まるなか、ユリウスは少しだけ嬉しそうに頭を掻いて、

「……じゃあ、せっかくだから、行こうか」

——そうして。

地獄の二次会が、幕を開ける。

■初出
ブラッククローバー　騎士団の書
書き下ろし

[ブラッククローバー　騎士団の書]

2017年10月 9日　第1刷発行
2019年 7月14日　第3刷発行

著　者／田畠裕基●ジョニー音田

装　丁／岩井美沙〔バナナグローブスタジオ〕

担当編集／渡辺周平

編集協力／北奈櫻子

編集人／千葉佳余

発行者／鈴木晴彦

発行所／株式会社　集英社

〒101-8050　東京都千代田区一ツ橋2丁目5番10号
電話　編集部／03（3230）6297
読者係／03（3230）6080
販売部／03（3230）6393《書店専用》

印刷所／中央精版印刷株式会社

Printed In Japan　ISBN978-4-08-703429-5 C0093

検印廃止

どっちが魔法帝《まほうてい》になるか
ンタジー!!
BLACK CLOVER
田畠裕基《たばたゆうき》
yūki tabata
発売中《はつばいちゅう》!!

夢《ゆめ》見《み》る想《おも》いが力《ちから》に変《か》わる——
大《だい》ヒット魔《ま》法《ほう》ファ
勝負《しょうぶ》だーー!!!
1~15巻《かん》(以下続刊《いかぞくかん》)
絶賛《ぜっさん》

JUMP j BOOKS：http://j-books.shueisha.co.jp/

本書のご意見・ご感想はこちらまで！

http://j-books.shueisha.co.jp/enquete/